# 地下鉄のザジ

新版

レーモン・クノー
生田耕作訳

中央公論新社

目次

# 地下鉄のザジ　新版

ὁ πλάσας ἠφάνισεν

アリストテレス

# 1

「なんてくせえやつらだ」ガブリエルはいらいらして考えた。ひでえもんだ、身体を洗ったこともねえんだろう。新聞によると、パリじゃ風呂のある住居は十一パーセントにも満たないそうだ、道理で、だけど、なくったって洗えるんだからな。俺のまわりにいる奴らはみんな、その気がねえんだ。それに、パリじゅうでいちばん汚ねえ連中をわざわざ寄せ集めたわけでもあるめえ。そんなはずはない。偶然に集まったんだからな。オーステルリッツ駅で待っている連中がリヨン駅で待っている連中より臭いなんて考えられねえ。いいや、そんなはずはない。それにしてもなんてにおいだ。

ガブリエルは袖からモーヴ色のハンカチを引っぱり出して鼻をはたいた。

「臭いわね、なんのにおいかしら？」一人の中年女が大きな声で言った。

そう言いながら彼女は自分のことを考えてはいなかった、自己主義者ではなかったのだ。この殿方から発する臭いのことを言いたかったのだ。

「こいつはね、おばちゃん」口達者なガブリエルはやり返した。「こいつはバルブーズさ、フィオール製の香水でさ」

「みんなにこんな臭い思いをさせて平気なのね」自分の当然の権利を確信して小生意気な女は言った。

「するてえと、おばちゃん、ご自分の持って生れた匂いがバラの匂いの上をいくとでもおっしゃるのかね。ところが、思いちがいさ、おばちゃん、思いちがいさ」

「あなた聞いた？」おばちゃんが傍の小男《ちび》に言った。たぶん合法的に彼女の上によじ登る権利を有する男だろう。

「この太っちょ豚の失礼な言葉を聞いた？」

小男《ちび》はガブリエルの図体を品定めして、考えた、こいつはでかいぞ、だけどでっかい男はえてして善良で、めったに腕力をふるわぬものだ、そんなことをしたら卑怯ってもんだ。大いに気負って、男は叫んだ、

「臭いぞ、おいゴリラ」

ガブリエルは溜息をついた。また暴力に訴えねばならぬ。この束縛にはうんざりだった。人類始まってこのかた、こいつは止《や》まったことがない。だけどともかく必要なことはせねばならぬ。世間を不愉快にするのはいつも弱者であるとしても、それはガ

ブリエルの責任ではなかった。なんにしろ、小僧っ子に最後のチャンスをくれてやろう。

「もう一度言ってみろ」とガブリエル。

逞《たくま》しい男がやり返したのに少々驚いて、小男《ちび》は返事に気をくばった。

「もう一度、なにをだ？」

うまく答えたつもりだった、小男《ちび》としては。あいにくと衣装簞笥はあとに退かなかった。のしかかるようにして単相の五音節を吐き出した。

「てめえがいま言ったことさ」

小男《ちび》はおびえだした。今度は彼の番だった。なにか言葉の楯を鍛えあげるべき時だ。最初に見つけたのは十二音綴《アレクサンドラン》だった。

「それより、言葉に気をつけたまえ」

「弱虫め」ガブリエルはあっさりやり返した。

そして対話者に一発喰らわさんばかりの剣幕で手を振りあげた。すごすごと、相手は自分から地べたへ、人々の脚の間へ逃げ失せた。泣き出したいのを懸命にこらえていた。幸い列車が駅《ホーム》に入り、場面は一変する。ぷんぷん匂う群衆は続々と繰り出してくる到着者のほうへ様々に視線を向ける。荷物といっても書類鞄ひとつだけかかえて、他の連中よりも旅行馴れた様子で、実業人《ビジネスマン》が先頭に立って足早やにこちらへやってくる。

ガブリエルは遠くを眺める。彼女らのことだ、ぐずついているに違いない、女はいつもぐずつくものだ。ところがちがう、ちっちゃな丸顔がとび出して、彼に話しかけた。

「あたしザジよ、ガブリエル伯父さんでしょ」

「さよう」ガブリエルは気取った口調で答える。「そなたの伯父さんじゃよ」小娘はくすくす笑う。ガブリエルは、上品に微笑んで、彼女を抱きかかえ、唇の高さまで彼女を持ちあげる。彼は彼女に接吻し、彼女は彼に接吻し、そして彼は彼女を降ろす。

「すてきな匂いね」子供は言う。

「フィオールのバルブーズさ」大男は説明する。

「あたしもちょっぴり耳のうしろにつけてみたいな？」

「こいつは男物の香水だよ」

「ぶつは見たわね」やっと駆けつけたジャンヌ・ラロシェールが言う。「世話を見てくれるっていうから、ほら、連れてきたわよ」

「いいとも」ガブリエルは言う。

「信頼していいのかしら？　だって、一家総出でこの子を強姦された日にはたまらないもの」

「でも、ママ、この前のときは、ちょうどいいときにやって来てくれたわ」

「とにかく」とジャンヌ・ラロシェール。「また二の舞いはいやよ」

「心配はいらんさ」とガブリエル。

「いいわ。じゃ明後日《あさって》またここでね、六時半の列車に間に合うようにね」

「発車ホームで」とガブリエル。

「もちろん《ナチュリッヒ》」ほかの考え事に〈占領〉されているジャンヌ・ラロシェールはドイツ語で答える。「ところで、奥さんは、元気?」

「おかげさまでね。明日うちへ寄らない?」

「暇がなさそうね」

「情夫《いろ》ができるといつもこの調子なの」ザジが口を挟む。「家族のことなんかどうでもよくなるのよ」

「じゃ、またね、イイコちゃん。またね。ガビー」

彼女は退散する。

ザジが状況を説明する。

「ぞっこんまいってるの」

ガブリエルは肩をすくめる。何も言わない。ザジの旅行鞄をつかむ。

今度は、何か言う。

「行こう」と言う。

そして突き進む、自分の軌道に居合わすものを片っぱしから右に左に投げ飛ばしながら。ザジは後からチョコチョコ駆け出す。

「伯父さん」と彼女は叫ぶ。「地下鉄に乗るの？」

「いいや」

「どうして？　なぜ乗らないの？」

立ち止まった。ガブリエルもストップし、旅行鞄を置いて、説明にかかる。

「そう、乗らないよ。今日はだめさ。ストなんだ」

「ストって？」

「そう、ストだ。地下鉄、このきわめてパリ的な輸送手段は、地面の下でふて寝をきめ込んでしまったんだ。切符切り鋏をつけた従業員たちが一切の業務を中止しちまったのさ」

「ああ、チクショウ！」ザジは叫ぶ。「ああ、いじわる！　バカにしてるわ」

「きみだけが目当てじゃないよ」ガブリエルはしごく客観的に答える。

「関係ないわ。とにかくあたしこそ災難よ、地下鉄に乗れると思って、あんなに楽しみにしてたのに。いまいましい、チクショウ」

「理性をなくしてはいけません」ガブリエルが言う。ときおりカントがかったトマス学説かぶれした言葉づかいをする癖がある。

ついで、相互主観性の次元に移って、付け加えた。

「それに急がなくちゃ。シャルルがお待ちかねだ」

「ああ、その手は喰わないわよ」眉をつり上げてザジは叫ぶ。「ヴェルモー将軍の回想録で読んだわよ」

「とんでもない」とガブリエル。「とんでもない、シャルルってのは、友達で、タクシーの運ちゃんだよ。今日のストのために予約しといたのさ、やつのタクシーをね。わかったね？　さあ行こう」

片手でもう一度旅行鞄をつかみ、もう一方でザジを引きずった。

シャルルはほんとに週刊新聞の身の上相談欄を読みながら待っていた。彼は探していた、もう何年も前から探しているのだ、四十五たび巡ってきた彼の春のサクランボを進呈するのにふさわしい脂ののりきった女を。だけどそんなふうに、その新聞で、嘆いている女たちは、彼にはいつもあまりにも愚かに、あまりにも低能に見えるのだった。悲嘆の背後に彼は亀裂を嗅ぎつけ、最も傷めつけられた人形の中にまで潜在的な娼婦を見いだすのだった。

「こんにちは、お嬢ちゃん」その出版物を丁寧に尻の下にしまいながらザジのほうを見もせずに彼は言った。

「ばばちいタクシーね」

「乗りなさい」とガブリエル。「気ざはよしな」

「気ざだって、けつ喰らえ」ザジがやり返す。

「面白い娘《こ》だね、きみの姪御は」アクセルを押しエンジンを回転させながらシャルルが言う。

軽やかな、だが力強い手でガブリエルはザジをタクシーの底に押し込み、つづいて自分も彼女の傍に腰をおろす。

ザジは抗議する。

「あたしを押しつぶす気？」猛り狂ってわめき立てる。

「末《すえ》恐ろしいね」落ち着きはらった声でシャルルがきめつける。

スタートする。

少し走ってから、ガブリエルは荘重な身振りで景色を指さす。

「噫《ああ》！　パリ！」思い入れたっぷりな調子で言う。「なんて美しい都会《まち》だ。見たまえ、きれいだろう」

「どうだっていいわよ」ザジは言う。「あたしは地下鉄で行きたかったの」

「地下鉄！」ガブリエルがどなる。「地下鉄‼　ほら、地下鉄ならあそこにあるさ!!!」

そして、指で、空中のなにかを示す。

ザジは眉をひそめる。不審顔。

「地下鉄？」繰り返す。「地下鉄？」蔑《さげす》んだ顔つきでつけ加える。「地下鉄は、地面の下にあるものよ、地下鉄は。でたらめもいいとこね！」

「あれは」ガブリエルが言う。「高架線だよ」

「じゃ地下鉄じゃないわ」

「教えてあげよう」とガブリエル。「ときどき、地下から出て、またそこへ戻るのさ」

「でたらめよ」

ガブリエルはさじをなげる（身振り）、次に、話題をかえるつもりで、行く手に現われた新しい何物かを指し示す。

「ほら！」怒鳴る。「ごらん!!　合祀廟《パンテオン》だよ!!!」

「でたらめはよせ」シャルルが後ろを振り返らずに言う。

少女が骨董品を眺め、しこたま知識を仕入れられるようゆっくり運転していたのだ。

「あれは合祀廟《パンテオン》じゃないとでもいうんかい？」ガブリエルが尋ねる。

問い方になんとなく小馬鹿にしたようなところがある。

「いや」シャルルは言い張る。「いや、いや、ありゃ合祀廟《パンテオン》じゃない」

「じゃ、何だというんだ」

馬鹿にした調子はほとんど侮蔑に近づく、それに、相手は急いで敗北を認める。

「知らんよ」

「そら、みろ」

「でも合祀廟《パンテオン》じゃないね」

テコでも動かん頑固者だから、シャルルときては。

「通行人に聞いてみよう」ガブリエルが提案する。

「通行人なんて」シャルルはやり返す。「どいつもこいつも間抜けばかりさ」

「そのとおり」ザジが落ちつきはらって言う。

ガブリエルは無理強いしない。新しい熱中の材料を見つけ出す。

「そらあれは」叫ぶ。「あれは……」

がその言葉は義弟の我れ見出せり《ユーレカ》でさえぎられる。

「わかった」義弟は吠える。「さっき見たのは、たしかに合祀廟《パンテオン》じゃない、ありゃリヨン駅さ」

「かもしれんね」ガブリエルは投げやりに言う。「だけどもうすんじまったことさ、その話はよそう。お嬢ちゃん、ごらん、どうだいあの建物、いかすだろう、陸軍博物館《アンヴァリイド》だよ」

「気でも狂ったのか」シャルルが言う。

「陸軍博物館とはまったく関係ないさ」

「そうかい」ガブリエルは言う。「陸軍博物館《アンヴァリイド》でなけりゃ何か、うけたまわりましょう」

「知るもんか」とシャルル。「まあせいぜいルーイの兵営ぐらいだね」

「お二人とも」ザジが寛大に言う。「なかなか愉快なおひとね」

「ザジ」得意の持ち役の中から簡単に見つけ出した厳かな態度でガブリエルは言いわたす。「本当の陸軍博物館と、本当のナポレオンの本当のお墓を見たいなら、伯父さんが連れてってあげるからね」

「ナポレオンけつ喰らえ」ザジは剣もほろろに。「ぜんぜん興味ないわよ、あんな水ぶくれ、おまんこみたいな帽子をかぶってさ」

「じゃ、なにに興味があるんかね？」

返答なし。

「そう」シャルルが思いがけない優しい調子で言う。「なにに興味があるんだい」

「地下鉄よ」

「噫《ああ》！」とガブリエル。シャルルはなにも言わない。やがて、ガブリエルはまた一席ぶちだし、あらためて言う。「噫！」

「ところでこのストはいつになったら終わるの」言葉を狂暴性でふくらませてザジがたずねる。

「わからんね」とガブリエル。「政治のことはわからんよ」

「政治とは関係ないよ」シャルルが言う。「めしのためさ」

「じゃ、小父さんも」ザジが尋ねる。「小父さんも時々ストをするの？」

「はい奥さま、仕方ございません、運賃値上げのためにはね」

「むしろ下げさせるべきだわ、こんなオンボロ車で、こんなひどいの見たことないわ。もしかすると、マルヌ河の土手で拾ってきたんじゃない？」

「そろそろ到着だ」ガブリエルがとりなすように言う。「角のタバコ屋が見えたよ」

「どこの角だ？」シャルルがからかうような調子できく。

「おれが住んでいる家の通りの角だ」ガブリエルは素直に答える。

「じゃ」シャルルが言う。「違うよ」

「どうして」とガブリエル。「違うと言えるんだ？」

「ああ、やめて！」ザジは叫ぶ。「また始める気？」

「いや、その角じゃない」ガブリエルにむかってシャルルは答える。

「そう言やそうだ」そのタバコ屋の前を通るときガブリエルは言う。「入ったことのない店だ」

「ねえ、伯父さん」ザジが尋ねる。「その間抜け面《づら》、わざとなの、それとも本物？」

「きみを笑わせるためさ、お嬢さん」ガブリエルは答える。

「気にしなさんな」シャルルがザジに言う。「わざとなもんか」

「つまんないの」とザジ。

「本当は」シャルルが言う。「ときにはわざとやったり、ときにはそうでなかったりさ」

「本当はだって！」ガブリエルが叫ぶ（身振り）。「わかったような口をきくじゃないか。本当のことを心得てる人間がこの世にいるとでもおっしゃるのかね。あんなものはすべて（身振り）、あんなものはすべてがらくたさ——合祀廟《パンテオン》も、陸軍病院も、ルーイの兵営も、角のタバコ屋も、すべて。そう、がらくたさ」

やりきれなげに、つけ加える。

「ああ、まったく、惨めな話さ！」

「寄り道してめしの前に一杯やるか？」シャルルが尋ねる。

「そりゃいい」

「『穴倉《ラ・カーブ》』にするかね？」

「サン・ジェルマン・デ・プレ（実存主義者たちが屯していた界隈。当時のパリ名所の一つ）へ行くの？」ザジが早速小躍りして尋ねる。

「まさか、お嬢さん」とガブリエル。「なんのつもりかね？　そんなもんはとっくに流行おくれさ」

「あたしのことを田舎者って言いたいのね」とザジ。「なにさ、もうろく爺《じじい》のくせに」

「聞いたかい、今のを？」ガブリエルは言う。

「仕方ないさ」とシャルル。「新世代というやつさ」

「新世代」ザジがやり返す。「そんなもの……」

「わかったよ、わかったよ」とガブリエル。「いいから。角のタバコ屋（レストランはタバコ屋をかねる）にするか？」

「本当の角のな」とシャルル。

「うん」とガブリエル。「それから一緒に晩飯を食ってけよ」

「その約束じゃなかったのか？」

「そうだっけ」

「それで？」

「それで、確認ということでどうだい」

「確認する必要はないだろう、きまってたんだから」

「それじゃ、きみが忘れていたとしてそれをおれが思い出させたことにしとこう」

「忘れてなかったよ」

「それじゃ一緒に晩飯を食ってくれね」

「それじゃ、どうしたっていうのよ、いいかげんにしてよ」とザジ。「呑むの、呑まないの、お酒は？」

ガブリエルは器用に柔軟にタクシーから抜け出す。みんなして舗道ぎわのテーブルのまわりに集まる。給仕女がだらしなくやってくる。さっそくザジは好物を述べる。

「カコカーロ」注文する。

「ありません」答えが返る。

「なんだって」ザジは叫ぶ。「あきれたわ」

憤慨する。

「俺は」シャルルが言う。「ボージョレにするよ」

「そして俺は」とガブリエル。「レエ・グルナディンだ。きみは？」ザジに尋ねる。

「もう言ったわよ、カコカーロよ」

「そいつはないとおっしゃったんだよ」

「カコカーロよ、欲しいのは」

「ねだったってだめだよ」ガブリエルはようやく我慢して言う。「ないのはわかってるだろ」

「どうしてないの」ザジは給仕女にきく。

「そんなこと」（身振り）

「レモネードなんかどうだね、ザジ」ガブリエルがすすめる。「お口にあうんじゃゃないかね」

「カコカーロよ、欲しいのは、ほかのものはだめ」

みんなは考え込む。給仕女は腿《もも》を掻く。

「隣りのお店ならありますよ」とうとう言いだす。「イタリア人の店なら」

「それで」シャルルが言う。「ボージョレは来るのかい？」

女はそれを取りに行く。ことわらずに、ガブリエルは立ちあがる。素早く消え、直《じ》きに頸《くび》のところからストローが二本とび出ている壜を持って戻ってくる。それをザジの前に置く。

「ほら、嬢ちゃん」寛大な声で言う。

なにも言わずに、ザジは壜を取り、ストローを使いだす。

「ほら、見ろよ」ガブリエルは相棒に言う。「なんでもないさ。子供なんて、理解さえすりゃ問題はないさ」

## 2

「ここだよ」ガブリエルが言う。

ザジはその家を見つめる。感想は言わない。「で」ガブリエルが尋ねる。「お気に召したかい？」

　ザジは意見保留といった身振りをする。

「俺は」とシャルルが言う。「テュランドーの店へ寄るよ、ちょっと奴に話があるんだ」

「わかった」とガブリエル。

「なにをわかることがあるのよ」ザジが尋ねる。

　シャルルは歩道からカフェ・レストラン『穴倉』に通じる五段の階段を降り、扉を押し、占領このかた木製のカウンターのところまで歩み寄った。

「こんちは、シャルルさん」客に給仕しながら小足のマドが言う。

「こんちは、マド」そのほうに目もくれずにシャルルは答える。

「あの女の子かい？」テュランドーが尋ねた。

「そうだよ」シャルルは答える。

「思ってたより大きいね」

「それで？」

「気にくわないね。ガビーにも言っといたがね、この家でいざこざはご免だよ」

「おい、ボージョレをたのむ」

　テュランドーは黙って注いだ、考え込んでいる様子だ。シャルルはボージョレをあおり、手の甲で髭《ひげ》を拭い、そしてぼんやりと外を眺めた。そのためには、彼は頭を上げねばならず、しかも足と、踝《くるぶし》と、ズボンの裾の他はほとんどなにも見えず、時々、運よくいって、犬の全身、それも脚の短い犬が見えるくらいだった。小窓の傍につるした鳥籠が、一羽の陰気な鸚鵡《おうむ》を宿している。テュランドーはシャルルのグラスを満たし、自分でひと口味わった。小足のマドがカウンターの後ろへ、主人の傍にやって来て、沈黙を破る。

「シャルルさん」と言う。「憂鬱そうね」

「憂鬱、けつ喰らえ!」シャルルはやり返す。

「だって本当よ」小足のマドが叫ぶ。「今日はお品がよくないのね」

「こいつはお笑いだ‼」シャルルはつっかかる。「おなじ口をきいただけさ、あの子河童と」

「なんのことかわからんね」テュランドーが戸惑って言う。

「しごく簡単なことさ」とシャルル。

「二言めには、あの小娘、けつ喰らえを付け加えるんだ」

「で言葉に身振りがつくんか?」テュランドーが尋ねる。

「まだそこまではいかんさ」シャルルは深刻な顔付きで答える。「だけど時間の問題だね」

「やれやれ」テュランドーが唸る。「やれやれ、なんてこった」

両手で頭をかかえ、それを引っこ抜こうとでもするような役に立たぬ真似事をする。

それからこんな調子で説教を続ける。

「糞《くそ》いまいましい！　そんな汚ねえ口をきくふしだら娘を俺の家に入れるのはまっぴらだね。今から目に見えとるよ、近所じゅうを堕落させやがるだろ。一週間もすりゃ……」

「あの娘《こ》は二、三日しかいないさ」シャルルが答える。

「多すぎるね！」テュランドーはわめき立てる。「二、三日もありゃ、この店にくる爺さん連のズボンの合わせに手を突っ込むひまはじゅうぶんあるさ。俺はいざこざはご免だよ、いいかね、いざこざはご免だよ」

爪を噛んでいた鸚鵡が、視線をおとし、おめかしを中断して、会話に嘴《くちばし》をはさむ。

「喋れ、喋れ」と〈緑〉は言う。「喋れ、喋れ。それだけ取り柄さ」

「まったくだ」とシャルル。「要するに、お前さんのいざこざの持ってき先きは俺じゃねえよ」

「奴にもこまったもんさ！」愛情をこめてガブリエルは言った。「だけどどうしてまたこの娘《こ》の口の悪いことをあいつに報告したんだ」

「俺は正直だからさ」シャルルは答える。「それに、お前さんの姪御がおそろしく躾《しつけ》が悪いってことは隠すわけにいかんよ。聞きたいね、お前さんもガキの頃はあんな喋り方をしたのかい？」

「いいや」ガブリエルは答える。「もっとも俺は女の子じゃなかったがね」

「お食事よ」スープ鉢を運びながらマルスリーヌがおしとやかに言う。「ザジ」とおしとやかに呼びかける。「お食事よ」

大匙《おおさじ》でおしとやかに中味を皿に注ぎはじめる。

「よお、よお！」ガブリエルは満足げに言う。「コンソメだね」

「大袈裟ね」おしとやかにマルスリーヌは言う。

ザジはやっと一緒になりに来る。うつろな目つきで腰をおろし、しぶしぶ腹がへっていることを認める。

ブイヨンの後には、サヴォワ風のジャガ芋を添えた黒腸詰が出た、その後は鵞鳥《がちょう》の肝臓（ガブリエルがキャバレーからくすねてきたものだ。そうせずにおれないのだ。右だけでなく左にも彼は肥大した肝臓を持っているわけだ）、次にとびきり砂糖のきいた甘味が出て、次にカップに分けられてコーヒーが出た、コーヒー、because シャルルとガブリエルはどちらも夜中に働くからだ。シャルルはお目当てのキルシュ入り柘榴酒《ざくろ》が出おわるとさっさと引き上げてしまった。ガブリエルのほうは十一時まで仕事がない。テーブルの下へ、もっと先きまでも足を伸ばし、彼は椅子の上でしゃちこばっているザジに微笑みかけた。

「さあ」こんな調子で言う。「そろそろおねんねとするかね？」

「誰のこと？」彼女が尋ねる。

「ええっ、むろんきみのことさ」罠《わな》にかかってガブリエルは答える。「向こうじゃ何時に寝てたの？」

「ここと向こうは一緒にならない、でしょう？」

「そうだね」物わかりよくガブリエルは言う。

「だったらあたしをここにいさせるのよ、向こうと一緒にならないように。ちがう？」

「そうだね」

「そうだって適当に言ってるの、それとも本気でそう考えてるの？」

ガブリエルはマルスリーヌのほうを振り返った。彼女はにやにや笑っている。

「どうだい今からこの理屈のこねようは、この年頃の小娘がさ。なんのためにわざわざ学校へやらなきゃならないのか疑うね」

「あたし」ザジは宣言する。「六十五まで学校へいくつもりよ」

「六十五まで？」いささか驚いてガブリエルは繰り返す。

「そうよ」とザジ。「あたし小学校の先生になりたいの」

「悪い商売じゃないわ」マルスリーヌがおしとやかに言う。「恩給がつくものね」

彼女はそれを機械的につけ加えたのだ。国語に堪能だったから。

「恩給けつ喰らえ」ザジはやり返す。「あたしはね、先生になりたいのは恩給のためなんかじゃなくってよ」

「そうだとも」とガブリエル。「そいつはわかるよ」

「じゃ、なんのため？」

「それを聞かせてもらいたいのさ」

「自分でわからないの？」

「とにかくずるいね今日びの若者は」女房に向かってガブリエルは言う。それからザジのほうに向き直り、

「さあ？　どうしてなりたいんかね、学校の先生に？」

「いじめてやれるからよ」ザジは答える。「十年さきに、二十年さきに、五十年さきに、百年さきに、千年さきにあたしの年になる女の子を。いつの時代だってシゴキ甲斐のあるガキは跡を絶たないもの」

「なるほど」

「女の子にめちゃくちゃ意地悪してやるの。床をなめさせてやるわ。黒板拭きを食べさせてやるの。お尻にコンパスを突き立ててやるわ。尻たぶを蹴飛ばしてやるわ。どうせ長靴をはくんだもの。冬は。こんなに長い長いやつよ（身振り）。尻《けつ》の肉に突き

刺さる大きな拍車のついた」

「ねえ」ガブリエルはおだやかに言う。「新聞で読んだがね、これからの教育はまったくそういう方向には向かってないんだよ。いやむしろ逆さ。温和、寛容、親切を目指してるんだ。ちがうかね、マルスリーヌ、新聞じゃそう言ってるね？」

「ええ」おしとやかにマルスリーヌは答える。「でもねェ、ザジ、あなた学校でひどい目にあわされたの？」

「見せたくなかったわ」

「それに」ガブリエルが言う。「二十年もすりゃ、もう先生なんていなくなるさ。映画や、テレビや、電子工学や、そういったものに取って代られるんだ。これもいつか新聞に書いてあったよ。そうだろう、マルスリーヌ？」

「ええ」マルスリーヌはおしとやかに答える。

ザジはちょっと間その未来を眺め渡す。

「じゃ」と彼女は宣言する。「あたし宇宙飛行士になるわ」

「なるほど」ガブリエルは賛成する。「なるほど、時代にあわさなくちゃ」

「そうよ」ザジは続ける。「あたし宇宙飛行士になって火星人をいじめに行くんだ」

ガブリエルは小躍りして膝をたたく。

「奇抜なことを考えるよ、この娘《こ》は」

感に耐えた様子だ。

「それにしてもこの娘《こ》はもうやすまなくちゃ」マルスリーヌがおしとやかに言う。

「疲れてるんでしょう?」

「いいえ」ザジは欠伸《あくび》しながら答える。

「疲れてるのよ。この娘《こ》は」ガブリエルのほうに向かってマルスリーヌはおしとやかにつづけた。「やすませなくちゃ」

「もっともだ」ガブリエルは言って、命令的な、なるべく、反駁《はんばく》しようのない文句を物色する。

それを彼が口にするより前に、ザジはテレビがあるかと尋ねる。

「ないよ」とガブリエル。「伯父さんはシネスコのほうが好きだね」自信のない口調でつけ加える。

「じゃ、伯父さんシネスコおごってくれる?」

「遅すぎるよ」ガブリエルは言う。「それに、時間がないよ、十一時から仕事でね」

「伯父さんがいなくてもいいわ」ザジは言う。「伯母さんとあたしと、二人だけで行くわ」

「そいつは気にくわないね」ガブリエルはきめつけるようにゆっくり言う。

まともにザジの目を見すえ、底意地悪くつけ加える。

「マルスリーヌは、俺と一緒でなきゃ行かないよ」

続けて、

「わけは、きかせないよ、お嬢ちゃん、手間がかかりすぎるからね」

ザジは目をそむけて、欠伸をする。

「疲れたわ」言いだす。「そろそろ寝ようかな」

立ち上がる。ガブリエルが頬をさし出す。それに彼女は接吻する。

「すべすべした肌ね」感想をもらす。

マルスリーヌが彼女を部屋へ案内し、ガブリエルは自分の頭文字を印した豚革製の化粧箱を取りに行く。腰をおろして、彼は大きなグラスにグルナディン酒を注ぎ、少し水で薄める、そして爪の手入れにかかる。それが大好きで、たいそう得意で、どんなマニキュア師よりも自分がお気に召していたのだ。猥歌《わいか》を口ずさみだす、次いで、『三人の名人彫金師の武勇伝』に移り、少女の目を覚まさせないよう控え目な調子で、消燈や、国旗掲揚や、コンチキチ伍長など、古い兵営ラッパの節を、口笛で吹く。

マルスリーヌが戻ってきた。

「あっけなく寝ちゃいましたわ」おしとやかに言う。

腰をおろし、グラスにキルシュ酒を注ぐ。

「かわいいものさ」ガブリエルはうわのそらの口調で意見をのべる。

仕上げたばかりの爪に、小指の爪に見とれる、そして薬指の爪に移る。

「明日は一日どうすればいいかしら」マルスリーヌはおしとやかに尋《き》く。

「それほど問題じゃないさ」とガブリエル。「まず、エッフェル塔の頂上へ連れていくさ。明日の昼から」

「でも朝のうちは？」マルスリーヌがおしとやかにたずねる。

ガブリエルは蒼くなる。

「頼むよ」と彼。「頼むよ、あの娘《こ》に俺を起こさせんでくれ」

「それごらんなさい」マルスリーヌはおしとやかに言う。「問題でしょ」

ガブリエルはますます心配そうな様子になる。

「ガキは、早起きだからな。あの娘《こ》に俺の睡眠を……疲労回復を邪魔されそうだ……なあ、わかってくれるね。俺は、疲労回復が必要なんだ。十時間の睡眠、こいつが欠かせないんだ。俺の健康のためにね」

マルスリーヌを見つめる。

「そこまで気が廻らなかったのかい？」

マルスリーヌは伏せ目になり、

「あなたが義務をお果たしになるのに口出ししたくなかったからよ」おしとやかに言う。

「ありがとう」深刻な口調でガブリエルは言う。「だけど朝あの娘《こ》に起こされないようにするには、どうすりゃいいんかね？」

二人は首をひねる。

「そうだな」ガブリエルが言いだす。「せめて昼までか、できたらぎりぎり四時まであの娘《こ》を眠らせとくために、睡眠薬を飲ませるという手はどうかね。同じ効きめのある膏薬もあったと思うが」

「パン、パン、パン、パン」控え目にテュランドーが扉の向こう板を鳴らした。

「どうぞ」ガブリエルは言う。

テュランドーが〈緑〉を連れて入って来る。言われぬ先きに腰をおろし、鳥籠をテーブルの上に置く。〈緑〉はグルナディンの壜をもの欲しげな様子で見つめる。マルスリーヌは水呑にそれを少し注いでやる。テュランドーも勧められたが辞退する（身振り）。ガブリエルは中指を終えて人差指の攻撃にかかる。なにやかやで、誰もまだ何も話さなかった。

〈緑〉はグルナディンをガブ飲みする。嘴をとまり木で拭ってから、こんな言葉で語りかける。

「喋れ、喋れ、それだけ取り柄さ」

「喋れだと、けつ喰らえ」腹を立ててテュランドーはどなり返す。

ガブリエルは仕事を中断し、こわい顔で客を睨みつける。

「いま言ったことを、もう一度言ってみな」

「言ったよ」とテュランドー。「言ったとも、けつ喰らえ」

「なんの当てこすりだ？　聞き捨てならんね」

「あの小娘のことを言ったのさ。ここに居られるのは、面白くないね」

「それがお前さんに面白かろうと、おんもしろくなかろうと、いいかい、俺の知ったことじゃねえさ」

「ちょっと待った。俺はお前に子なしということでここを貸したんだ。それが俺の許可なしにガキを引っぱり込んでるじゃねえか」

「お前さんの許可だと、そんなものはケツの穴でも拭くがいい」

「そら見ろ、そら見ろ、いまに、お前さんまで姪の口癖がうつりだすぞ。おかげでこの家の評判はまるつぶれさ」

「お前さんのような知性のねえやつはお話にならんね、〈知性〉って言葉の意味はわかるだろうな、このとんま野郎？」

「そらきた」テュランドーが言う。「さァ、おいでなすった」

「喋れ」〈緑〉が言う。「喋れ、それだけ取り柄さ」

「何がおいでなすったんだ？」露骨に挑みかかる調子でガブリエルが尋《き》く。

「げすい口をききだしたってことさ」

「こいつが勘にさわることを言いだすからさ」ガブリエルがマルスリーヌに言う。

「落ち着いて、あなた」おしとやかにマルスリーヌは言う。

「不良娘にこの家に入られるのはごめんだね」悲痛な口調でテュランドーが言う。

「この野郎」ガブリエルはどなりつける。「よくも、この野郎」

彼は拳固を一発テーブルに喰らわす。テーブルはいつもの箇所で二つに裂ける。鳥籠が絨毯の上に移行し、あとを追ってグルナディンの壜、キルシュの小壜、小さなグラスが何個か、マニキュア道具一式が墜落し、〈緑〉が狂暴に喚き、粘液がモロッコ革の上にこぼれ、ガブリエルは絶望の叫びをあげ、その汚れた品物を拾うために身を沈める。その拍子に、椅子を床にたたきつける。ドアが開く。

「いったい何よ、眠れないじゃないの」

ザジはパジャマ姿だ。欠伸をし、それから〈緑〉を憎らしげに見つめる。

「まるで動物園ね、ここは」きめつける。

「喋れ、喋れ」〈緑〉が言う。「それだけ取り柄さ」

ちょっと驚いたみたいだが、生き物を無視して、テュランドーのほうに向き直り、伯父にむかって彼女は尋ねる。

「それにこのひと、何者？」

ガブリエルは道具箱をテーブル・クロスの隅で拭きとっているところだった。

「糞《くそ》」呟いた。「駄目になった」

「代りをプレゼントするわ」おしとやかにマルスリーヌが言う。

「ありがとう」ガブリエルは答える。「だけどそれなら、豚革でないほうがいいね」

「どんなのがいいの？　ボックス革？」

ガブリエルは仏頂面をする。

「鮫《さめ》革は？」

仏頂面。

「ロシア革？」

仏頂面。

「それじゃ鰐《わに》革？」

「高いだろう」

「でも丈夫で粋よ」

「それにしよう、自分で買いに行くよ」

ガブリエルは、ニコニコ顔で、ザジのほうを振り向く。

「わかったね、伯父さんは、とってもやさしいだろう」

「さっきから尋《き》いてるでしょう、誰なの、このひと？」

「家主だよ」ガブリエルは答える。「稀なる家主だよ、気さくな奴で、階下《した》の酒場の主人《おやじ》だよ」

「『穴倉』の？」

「その通り」とテュランドー。

「踊れるの、小父さんの地下室？」

「いいや」とテュランドー。

「つまんないの」とザジ。

「案じることはないよ」とガブリエル。「けっこう儲けてるんだから」

「でもサン・ジェルマン・デ・プレじゃ」とザジ。「ジャンジャン稼いでるんだって、どの新聞にも書いてあるわ」

「これはこれはご親切に」テュランドーは軽くあしらう。

「親切けつ喰らえ！」ザジがやり返す。

テュランドーは勝ち誇った猫撫で声をあげる。

「ほら、ほら」ガブリエルに言う。「もう逃がさんぞ、この娘《こ》のけつ喰らえをたしかにこの耳で聞いたからな」

「汚ない言葉はよせ」とガブリエル。

「だって俺じゃないよ」とテュランドー。「この娘《こ》のほうさ」

「告げ口するなんて」とザジ。「卑怯よ」

「それにもういい」とガブリエル。「そろそろ出かける時間だ」

「夜警なんて面白くないわね」とザジ。

「職業《しょうばい》ともなればなんだってそう面白くはないさ」とガブリエル。「さァ、もう寝なさい」

テュランドーは鳥籠をひろい上げて、言う。

「またあらためて話し合おう」

それから物分りよさそうにつけ加える。

「話し合いけつ喰らえ！」

「おバカさんね」おしとやかにマルスリーヌが言う。

「底ぬけさ」とガブリエル。

「じゃ、おやすみ」やはり愛想よくテュランドーが言う。「愉快な晩でした、来てよかったよ」

「喋れ、喋れ」〈緑〉が言う。「それだけ取り柄さ」

「可愛いわ」鳥を見ながらザジは言う。

「さあ行っておやすみ」とガブリエル。

ザジはドアから引きあげ、夜の訪問客たちはもう一つのドアから退散する。

すっかり静まるのを待ってガブリエルは今度は自分が退散する。音も立てずに階段を降りる。模範的な借家人らしく。

ところがマルスリーヌは箪笥の上にころがっている品物に気がついた。それを取り上げ、駆けて行ってドアを開き、身を乗り出して階段のほうへおしとやかに呼びかける。

「ガブリエル、ガブリエル」

「何だい？　どうしたんか」

「口紅を忘れたわよ」

3

部屋の片隅に、マルスリーヌは化粧室の一種をととのえていた、卓子《テーブル》、洗面器、水差し、万事辺鄙《へんぴ》な田舎とそっくりに。こうしておけばザジは異郷にいる思いはしないだろう。あにはからんやザジは異郷にいる思いだった。普段から床に据えつけた洗滌器を用い慣れていたし、他にもたくさん素晴らしい衛生器具を、現に使用して、知っていたからだ。この未開性にうんざりして、ところどころちょっぴり水をふりかけ、軽くたたき、あとは髪に一櫛入れるだけでひかえた。

彼女は中庭を眺めた。そこでは何も起こっていなかった。住居の中でもやはり、何も起こっていない様子だった。扉に耳を押しつけてみたが、ザジは何の物音も聞きわけられなかった。そうっと部屋から出た。客間兼食堂は暗く静まりかえっていた。目かくし鬼に近づくときのように抜き足差し足で、壁や物を手さぐりしながら、目をつむってやればさらに面白いだろうが、もう一つの扉まで達し、充分用心しながらそれを開いた。そのもう一つの部屋も同様に暗く静まりかえっていた。誰かがそこで安らかに眠っていた。ザジは扉をもとどおりにして、後ろ向きに歩きだした、この動作はいつでも楽しいものだ、そしてずいぶんひまをかけて、三番目のもう一つの扉に達し、前の時に劣らぬ用心深さで開いた。そこは玄関で、赤や青のステンドグラスで飾られた窓からにぶい光がさし込んでいた。さらに一つ扉を開くと、ザジはこの遠足の目的地を見つけ出す。水洗便所だ。

イギリス式だったので、ザジは文明の中に腰を落ち着け、たっぷり十五分あまりもそこで過ごす。実用的なだけでなく愉快な場所に思われる。しごく清潔で、みがき立てられている。薄葉紙は指の間で楽しげに皺にされる。一日のこの時刻には、一筋の日光まで差し込んでおり、明るい霧が小窓から降り注いでいる。ザジは長いこと思案する、放水弁を引こうかどうか迷う。一騒ぎまき起こすだろう。彼女は躊躇し、決心し、引っぱる、滝が流れ出す。ザジは待つ、がなんの気配も感じられない、まるで眠れる森の美女の家だ。もういちどザジは坐り直し、人気俳優の大写しをはさみながら件《くだん》の物語を自分に語り聞かせる。伝説の中にちょっぴり踏み迷う、が、結局、批判力を取り戻し、最後にお伽話《とぎばなし》なんてまったくばかげていると自分に宣言する。

再び玄関に出て、彼女はもう一つの扉に見当をつける。それはどうやら階段に通じているらしい。ザジは鍵穴に差し忘れられた鍵をまわす。やっぱりそうだ。ザジは階段の上に出る。そうっと背後の扉をしめ、つづいてそうっと下へ降りる。二階で、立ちどまる、なんの気配もない。一階についた。ここはロビーだ、表の扉が開いている、長方形の明かり、あそこだ、ザジはそちらの方へ向かう、外に出た。

静かな街路だ。車がめったに通らないので、車道で石蹴り遊びができるほどだ。田舎くさい構えの日用品店が何軒かある。人々は分別くさい足取りで往き来している。横断するときは、公徳心を過度の慎重さに結びつけ、先ず左を次に右を眺める。ザジはまだ望みを失わない。自分はまさしくパリにいることを、パリは大きな村であり、パリ全体がこの界隈《かいわい》と同じではないことを心得ているからだ。見きわめ、安心するためにも、もっと遠くまで行かねばならない。気軽に、彼女はそれを実行に移しだす。が、テュランドーがとつぜん酒場から飛び出し、階段の下から、彼女に怒鳴りつけた。

「おい娘さん、何処《どこ》へ行こうってんだ？」

ザジは答えず、足を速めただけだ。テュランドーは階段を攀《よ》じ登る。

「おい待て」なおも、怒鳴りつづける。

ザジはそれに合わせて駆け足になる。急に横町へ折れる。別な通りはやっぱりもっと賑やかだ。いまではザジは全速で駆けている。誰ひとり彼女を眺める暇も、興味もない。だがテュランドーも同じように駆け出す。それどころか必死だ。彼女に追いつく。彼女の腕をつかまえ、そしてなにも言わずに、頑丈な手首で、彼女を廻れ右させる。彼女はためらわない。わめきたてる。

「助けて！　助けてェ！」

この悲鳴は居合わせた主婦連や市民たちの注意を惹かずにはおかない。個人的な仕事も手持ち無沙汰もほっぽり出して彼らはこの事件に興味を持つ。

最初の成功に味をしめ、ザジはますます熱演する。

「小父《おじ》さんと一緒に行くのはいや、小父さんなんて知らないわ、一緒に行くのはいやよ」

エトセトラ。

テュランドーは、自分の動機の高尚さを頼むあまり、こんな世迷い言には耳もかさない。やがて彼は不覚にも謹厳な道徳家たちの人垣に囲まれていることに気がつく。

この選り抜きの観衆を前において、ザジは概論からこまかい具体的な弾劾に移る。

「この小父さん」言いだす。「あたしにいやらしいことを言うのよ」

「どんなことを言ったの？」つり込まれて一人の婦人が尋ねる。

「奥さん！」テュランドーは叫ぶ。「この小娘は家から逃げだしたんでさ、わっしは両親のところへ連れ戻そうとしただけでさあ」

人垣はすでにがっちり根を下ろした懐疑的態度で冷笑する。

婦人はあとにひかない。ザジのほうへ身を屈める。

「さあ、お嬢ちゃん、怖がらないで、わたしにおっしゃい、なにを言ったの、この変な小父さんは？」

「いやらしくて言えないわ」ザジはつぶやく。

「どうかしろと言ったの？」

「そうなのよ、小母さん」

ザジは小声で老婦人の耳に何か詳細をすべり込ませる。相手は身体《からだ》を起こし、テュランドーの顔に唾を吐きかける。

「下司！」と彼女は更におまけにたたきつける。

そして改めて彼の顔のまん中に唾を吐きかける。

一人の男が質問する。

「どうしろと言ったんです？」

老婦人はザジ流詳細を男の耳にすべり込ませる。

「おお！」その男は言う。「まさか、考えられないね」

同じ言葉を繰り返す、むしろ考え込んだ様子で。

「まさか」

もう一人の市民のほうに向いて、

「飛んでもない話だ、ちょっと耳を……（詳細）。信じられん」

「まったくけしからん野郎がいるもんだ」もう一人の市民は言う。

その間に、詳細は群衆の間に広まる。一人の女が言う。

「なんのことかわかんない」

一人の男が彼女に説明する。ポケットから紙切れを取り出し、ボールペンで図解する。

「まあ」と女は夢見るような調子で言う。

つけ加える。

「使いものになるの？」

ボールペンのことを言ったのだ。

二人の通が議論する。

「ぼくの」一方が打ち明ける。「ぼくの聞いたところでは……（詳細）」

「別に驚くにはあたらんさ」もう一方がやり返す。「確かに言えることは……(詳細)」

好奇心から店のなかにじっとしておれなかった一人の女店主が打ち明け話に身を委ねる。

「まあ聞いてくださいよ、うちの亭主も、何日《いつ》でしたか、急にどう魔がさしたか……(詳細)。何処でそんな趣味を見つけてきたのか、ほんとに教えてもらいたいですよ?」

「たぶんいかがわしい本でも読んだんでしょう」一人がほのめかす。

「そうかもしれないわ。とにかく、まあ聞いてくださいよ、あたしは亭主に言ってやったんですよ……(詳細)をしろですって。絶対おことわりよ、答えてやったわ。そんなにしたけりゃ、お巡りさんにでも頼めばいいわ。けがらわしいこと言わないで。そう答えてやったわ、亭主に、だって要求するにことかいて……(詳細)」

周囲はさーんせいいいする。

テュランドーは聞いていなかった。現実を思い知らされる。ザジの弾劾で惹き起こされた技術的興味を利用して、彼はこっそりずらかった。壁にへばりつくようにして通りの角を曲り、あたふたと酒場に戻り、占領このかた木製のカウンターの背後にすべり込み、大きな球形グラスにボージョレを注いで一息に流し込み、もう一度繰り返した。ハンカチがわりのしろもので額をはたいた。

ジャガ芋の皮をむいていた小足のマドが彼に尋ねる。

「どうかしたんですか？」

「言ってくれるな。あんな怖いめにあったのははじめてだよ。あの間抜けどもみんなして俺を色魔と間違えやがった。残っていたら、袋だたきにあったとこさ」

「おせっかいなさるからよ」小足のマドは言う。

テュランドーは答えない。頭蓋の下にある小さなテレビをつけ、自家製のニュース・フィルムで、たった今彼が生きのびた場面、危く歴史でないまでも、少なくとも三面欄の中に彼を入り込ませるところだった場面をもう一度眺める。自分が逃れた運命のことを考えて、彼は身震いする。再び汗が顔を伝い流れる。

「こんちくしょう、こんちくしょう」口ごもる。

「喋れ」と〈緑〉が言う。「喋れ、それだけ取り柄さ」

テュランドーは額の汗を拭く、三杯目のボージョレを注ぐ。

「こんちくしょう」繰り返す。

いまの興奮状態にいちばんぴったりの表現に思えるからだ。

「とにかく」小足のマドが言う。「命びろいしたんでしょう」

「お前さんに代らせたかったよ」

「そんなこと無理ですよ、『お前さんに代らせたかった』なんて。旦那とあたしとでは、寸法《サイズ》が違いますもの」

「ああ！　屁理屈はよしてくれ、そんな場合じゃないんだ」

「ほかの人に知らせなくていいんですか？」

なるほど、そうだ、畜生、忘れてた。まだいっぱい入っている三杯目のグラスをほうり出して、彼は突進する。

「あら！」編物を手にしたままマルスリーヌはおしとやかに言った。

「娘が」とテュランドーは息を切らせて言う。「娘が、ほら、そう、ずらかっちまったよ」

マルスリーヌは答えず、まっすぐ部屋へ向かう。ホントだ。影も形もない。

「俺が見つけて」とテュランドー。「つかまえようとしたんだがね。えらい目にあったよ！　(身振り)」

マルスリーヌはガブリエルの部屋に入る。彼を揺する。重く、動かしにくい。ましてや目を覚まさせるとなると。彼はこれが好きなんだ、眠るのが。大きな息を吐き、寝返りを打つ、眠るときは眠るのだ、ちょっとやそっとでは起こせない。

「何だ、何だ」やっと彼は叫ぶ。

「ザジが逃げだしたのよ」おしとやかにマルスリーヌは言う。

彼は彼女を見つめる。あれこれ穿鑿《せんさく》しない。呑み込みのいいほうだ、ガブリエルは。

頓馬じゃない。起き上がる。ザジの部屋をのぞきに行く。自分で確かめる主義だ。

「便所にでもこもってるんじゃないか」楽観的に言う。

「違うわよ」おしとやかにマルスリーヌが答える。「ずらかるところをテュランドーが見たのよ」

「確かに見たのか？」テュランドーに彼は尋ねる。

「ずらかるところを見たのさ、だからつかまえて、連れ戻そうとしたんだ」

「そりゃよかった！」とガブリエル。「さすがは友達だ」

「そう、ところがあの小娘、人を集めて、俺から変なことを持ちかけられたとまくし立てやがるのさ」

「本当じゃないのか！」ガブリエルが尋ねる。

「違うったら」

「わかるもんか」

「そこだよ、わからんものな」

「ほらみろ」

「まあ先きをお聞きなさいよ」おしとやかにマルスリーヌが言う。

「だもんで俺のまわりは黒山のような人だかりさ。今にも俺をぶんなぐりそうな雲行きでね。俺を色魔とまちがえやがったんだ、あの間抜けども」

ガブリエルとマルスリーヌは吹き出す。

「だけど、奴らがほかのことに気をとられている隙をみて、俺は逃げ出してきたんだ」

「怖じ気づいたな」

「あたりまえさ。こんな怖い思いをしたのは生れて初めてだね。空襲のときだって」

「俺なんか」とガブリエルが言う。「空襲のあいだ一度だって怖いと思ったことはなかったね。英軍のときは、こう高をくくっていたよ、連中の爆弾は俺がお目当てじゃない、ドイツ野郎がお目当てだってね。こっちは双手をあげて歓迎なんだから、イギリス軍なら」

「間の抜けた理屈さ」テュランドーがたしなめる。

「とにかく俺はちっとも恐くなかったね、おまけにかすり傷一つ受けなかったよ、最悪の場合だって。ドイツ野郎ときたら、蒼くなってたね、慌てて、防空壕に駆け込みやがる。こっちは大喜びさ、地上に残って花火見物としゃれ込むのさ、ドカン命中、軍需倉庫が吹っ飛ぶ、駅は木端微塵、工場は粉々《こなごな》、街が燃え上がる、雷を見物してるみてえなもんさ」

ガブリエルは結論をくだし、溜息をつく。

「要するにまんざら捨てた暮しでもなかったよ」

「そうかね、俺のほうは」とテュランドー。「戦争は有難くなかったね。闇取引きのおかげで、さんざんな目にあったよ。どういう廻り合せか、しょっちゅう罰金はくらわされる、政府だ、税金だ、統制だと、とことんしぼり取られる。あげくの果てに四四年の六月には営業停止さ、おかげですっからかんだ、でもそのほうがよかったよ、ちょうどそこへ爆弾がおっこちて、元も子もなしさ。ついてないんだ。こんなボロ家でも相続できただけ幸せさ、でなきゃ」

「要するに不服を言えた筋合いじゃないさ」とガブリエル。「呑気な暮しじゃないか、怠け者の商売さ、お前さんなんか」

「代ってもらいたいもんだね。どんなに疲れるか、この商売は、おまけに身体《からだ》にだってよくないよ」

「じゃどうなるんだ。俺みたいに夜中までせっせと働かなきゃならんとしたら。しかも昼間寝てさ。昼間寝るってのは、ひどく疲れるんだぜ、そうは見えんがね。そのうえ今日みたいにとんでもない時間に起こされるんじゃ……毎朝こんなことじゃたまらんがね」

「鍵をかけて閉じ込めとくんだね、あの調子じゃ」テュランドーが言う。

「何故飛び出したんだろう」考え込むようにガブリエルはつぶやく。

「音を立てたくなかったからよ」おしとやかにマルスリーヌが言う。「だからあなたの目をさまさせないように、ぶらつきに出かけたのよ」

「だけど一人でぶらつくのは困るよ」ガブリエルが言う。「街は非行の温床だからな、いまさらはじまったことじゃないがね」

「きっと新聞で書きたてて る蒸発とかをやらかしたのさ」とテュランドー。

「そうなると厄介だぞ」ガブリエルが言う。「ポリ公に知らせなくちゃならんだろう。俺の立場はどうなるんだ？」

「ねえあなた」おしとやかにマルスリーヌは言う。「あの娘《こ》をさがしに行かなくていいの？」

「俺は」とガブリエル。「俺は、寝直したいね」

羽根蒲団の方向を目指す。

「連れ戻すのが義務じゃないのか」テュランドーが言う。

ガブリエルはせせら笑う。科《しな》を作り、ザジの声色を真似て宣言する。

「義務けつ喰らえ」

つけ加える。

「一人でちゃんと戻ってくるさ」

「もしもよ」おしとやかにマルスリーヌは言う。「痴漢にでも出会ったら？」

「テュランドーみたいな？」ガブリエルはふざけて尋ねる。

「いいかげんにしろ」とテュランドー。

「ガブリエル」おしとやかにマルスリーヌは言う。「ちょっとさがしに出かけたら？」

「自分でしろよ」

「洗濯物を火にかけてるのよ」

「アメリカ製の自動洗濯機を使うんですね」テュランドーがマルスリーヌに言う。

「手間がはぶけますよ、うちでやってるみたいにね」

「だけど」からかうような調子でガブリエルが言う。「こいつは自分の手で洗濯するのが楽しみだとしたら？　どうなんだ？　余計なお節介だよ。喋れ、喋れ、それだけ取り柄さ。お前さんのいうアメリカ製品なら、ほーら、ここにあらあな」

そう言って自分の尻をたたく。

「おや」テュランドーが皮肉っぽく言う。「俺はまたお前さんのことをアメリカかぶれかと思ってたよ」

「アメリカかぶれだと！」ガブリエルは叫ぶ。「知りもせん言葉は使わんことだな。アメリカかぶれだと！　だったら家族で洗濯しちゃいけないとでもいうんかい。マルスリーヌと俺は、アメリカかぶれなんかじゃねえよ、それに、いいか、同時にまた、いいか、同時に、洗濯かぶれなんだ。どうだ恐れ入ったか、ええっ(間)、この間抜け野郎」

テュランドーは返答に窮する。眼前の具体的な問題に、ナイロンシャツに、洗いにくいシャツに戻る。

「あの娘《こ》を追っかけたほうがいいんじゃないか」ガブリエルにむかって忠告する。

「お前さんの二の舞いをしろとでもいうのかい？　下司どもにリンチにかけられろとでもいうのかい」

テュランドーは肩をすくめる。

「お前さんこそ」侮蔑的な口調で言う。「喋れ、喋れ、それだけ取り柄さ」

「さあ出かけるのよ」ガブリエルにむかってマルスリーヌはおしとやかに言う。

「二人して俺をいじめるんだな」ガブリエルはぶつくさ言う。

彼は部屋に戻る。きちんと服を着込み、鬚《ひげ》をあたる時間がなかったので顎を悲しそうに手で撫で、溜息をつき、もう一度現われる。

テュランドーとマルスリーヌは、いやむしろマルスリーヌとテュランドーは、洗濯機の長所と短所について議論している最中だった。ガブリエルはマルスリーヌの額に接吻する。

「さよなら」深刻な調子で言う。「義務を果たしに行くよ」

彼はテュランドーの手を力一杯握りしめる。胸をしめつける感動は〈義務を果たしに出かけるよ〉以外に歴史的言葉を口にすることを許さない、しかしその目つきは重大な運命につけねらわれる連中に特有の憂愁で翳《かげ》らされている。

相手も緊張する。

彼は外に出る。行ってしまった。

外に出ると彼は風を嗅ぐ。いつもの匂いしか感じない、とりわけ『穴倉』から発散する匂いしか。北へ行くべきか南へ行くべきかわからない、というのは通りは南北に走っているからだ。が声をかけられ、彼のためらいは中断する。靴屋のグリドゥーが店の中から手招きしている。ガブリエルは近づく。

「女の子を捜してんでしょう、たぶん」

「うん」ガブリエルは気がなさそうにうなる。

「何処へ行ったか知ってますよ」

「いつでも何でもご存じだな」ガブリエルは不機嫌そうに言う。

こいつは、と心の中で独りごちる、話しするたびに、俺の劣等感をかき立てやがる。

「興味ないですかね？」グリドゥーは尋く。

「興味を持たざるを得ないね」

「じゃ教えますか？」

「靴屋って妙な商売だな」ガブリエルは答える。「一日じゅう働きづめで、まるで仕事が趣味みたいで、おまけに働きづめだってことを見せるためにショーウインドーに入って、みんなから見られようてんだからな。靴下かがりの女といっしょさ」

「じゃ、あんたは」グリドゥーがやり返す。「なにに入って見られようてんです？」

ガブリエルは頭を掻く。

「なんにも入らんさ」意気地なく言う。「俺は芸術家だからな。人様に迷惑はかけんさ。それにこんなことを喋ってるひまはないんだ。一刻をあらそうんだ、子供の話は」

「わたしはまたお喋りが楽しみでね」落ち着きはらってグリドゥーは答える。

仕事台から顔をあげる。

「それで」と尋く。「無駄話はこれくらいにして、知りたいんですか、知りたくないんですか？」

「だから一刻をあらそうと言ったろ」

グリドゥーはニヤニヤする。

「はじめのほうはテュランドーが話したね？」

「言いたいことを言ったよ」

「とにかくあんたに興味があるのはそのあとだ」

「そう」とガブリエル。「そのあとどうなったんだ？」

「あとかい？　はじめのほうだけじゃたりないかね？　蒸発だよ、あの娘がやらかしたのは。蒸発だよ」

「やれやれ」ガブリエルはつぶやく。

「警察に届けりゃすむことだよ」しょげきった声でガブリエルは言う。

「おことわりだね」

「自分からは戻ってこないね」

「わからんよ」

グリドゥーは肩をすくめる。

「わたしにすりゃ、心底は、どうでもいいことだがね」

「俺だって」とガブリエル。「心底は」

「底なんてあるんかね、あんたに?」

今度はガブリエルが肩をすくめる番だ。こいつがこれ以上生意気をぬかせば。だまって、彼は家へ引き返し、もういちど寝床へもぐり込んだ。

## 4

市民やかみさん連が議論をつづけている間に、ザジは姿をくらませた。最初の通りを右へ折れ、次のは左へ、そんなぐあいにして市街の入口の一つまでやってきた。四、五階建てのすばらしい摩天楼が華やかな大通りを縁取り、歩道は屋台店でごった返していた。薄紫色に密集した人群が四方八方から流れ込んでくる。ゴム風船売りの女と、メリー・ゴーラウンドの音楽が、このお祭り騒ぎにささやかな風情を添えている。うっとり見とれてザジは、つい目と鼻の先きの、歩道に面して取りつけられたバロック風の鉄細工に、〈地下鉄〉の掲示板がかかっているのを見つけるのに少々ひまどった。たちまち街路の見世物などはそっちのけにして、感激のあまり生唾を飲み込みながら、ザジはその口に近づいた。安全柵をおずおずと廻って、遂に入口を見つけ出した。しかし鉄格子は閉じられていた。つり下げられた石盤に白墨で字が書かれており、ザジはたやすく判読できた。ストライキはまだ続いていた。鉄分を含んだ、脱水性の埃の匂いが禁じられた深淵からふんわか立ち登ってくる。悲しみがこみあげ、ザジは泣きだした。

そうすることに彼女は非常な喜びを見出したので、いっそうくつろいで涙を流すためにベンチへ腰かけに行った。おまけにいくらもせぬうちに、彼女はわきに人の気配を感じ悲しみから気をまぎらされた。なにが生じるか好奇心とともに彼女は待ち受けた。言葉が生じた。男の裏声で発せられたその言葉は、次のような疑問文を組み立てた。

「どうしたの、お嬢ちゃん、とても悲しそうだね？」

この質問の間抜けた偽善ぶりを前にして、ザジは涙の水量《ヴォリューム》を倍にした。しゃくりあげがあまりに夥《おびただ》しく胸の中でせめぎ合い、それらを彼女は全部圧《お》し殺している暇がないように見えた。

「そんなに深刻なこと？」男は尋いた。

「ええ、そうなの、小父さん」

まさしく、痴漢の面《つら》を仰ぎ見る潮時だった。顔を手でこすり、涙の奔流を泥だらけの運河に変えて、ザジはその男のほうを向いた。自分の目が信じられなかった。男の風采はなんとも妙ちくりんなものだった、太く濃い口髭、山高帽、こうもり傘、おまけにだぶだぶの短靴。まさか、ザジは心の中で小声で独りごちた、まさか、まるで喜劇の中の役者だわ、昔のお芝居によく出てくるような。彼女は笑うことすら忘れていた。

男は、取ってつけたようなやさしい表情で、驚くばかり清潔なハンカチを子供に差し出した。ザジは、それをひっつかむと、頬の上に澱んでいる湿った垢をいくらかその中におっことし、夥しい鼻汁でその捧げ物におまけを添えた。

「さあ、話してごらん」元気づけるような調子で男は言う。「どうしたの？　パパとママに折檻でもされたの？　落し物をして、叱られるのが怖いの？」

さまざまな仮定を立てる。ザジはぐしょぐしょに濡れたハンカチを男に返した。相手はすこしも嫌悪感を示さずにその汚物をポケットの中に戻した。続ける。

「小父さんにみんな話しなさい。怖がらないで。小父さんなら安心だよ」

「どうして？」早口で意地悪くザジは尋ねた。

「どうして？」虚をつかれて男はおうむ返しに言った。

傘でアスファルトを引っ掻きだした。

「そう」とザジ。「なぜ小父さんなら安心なの？」

「だって」男は地面を引っ掻くのをやめて答える。「小父さんは子供が好きだからさ。可愛い女の子がね。それに可愛い男の子も」

「あんた変態爺いね、きっと」

「とんでもない」ザジが驚いたほどむきになって男は言いきる。

その勢いに乗じて、紳士は彼女にコカコーラをおごる。その辺の、手近な酒場で、言う意味は、昼日中、人目に立つところで、しごくまじめなおごり。

コカコーラにありつけたうれしさを見すかされないために、ザジは車道をへだてて、二列に並んだ露店のあいだを運河のように押し流されていく人波を熱心に眺めだす。

「なあに、あの人たち？」尋ねる。

「蚤《のみ》の市《いち》へ出かけるのさ」男は答える。「というより蚤の市のほうからお出迎えさ、あそこが入口だよ」

「ああ、蚤の市ね」すましかえってザジは言う。「ラ、ランブラ、ランブラ、ラ、ランブラントを安い値で掘り出して、アメ公に右から左へ又売りして、一日分の日当がかせげるというところね」

「レンブラントだけにかぎらんさ」男は言う。「靴底敷、化粧水、釘、一度も袖を通してない服までなにからなにまであるよ」

「アメリカ軍の払い下げもある？」

「もちろん。それに揚げ物屋の屋台もあるよ。うまいんだ。揚げたてでね」

「すてきね、アメリカの払い下げって」

「お好みなら、貽貝《いがい》もあるよ。うまいんだ。あたる心配はないさ」

「ジーパンはあるかしら、アメリカの払い下げの？」

「あるとも、ぴったりのがね。それに暗がりで使える磁石《じしゃく》もあるよ」

「磁石なんかどうだっていいわ」とザジ。「ジーパンよ（沈黙）」

「見に行くといいよ」男は言う。

「でもそれから先きは？」とザジ。「一文なしじゃ手に入らないわ。失敬すれば別だけど」

「とにかく見に行こう」男は言う。

ザジはコカコーラを飲み終えてしまっていた。男を見つめて、言う。

「いつもの手ね」

つづけて。

「出かける？」

男は支払い、二人は群衆の中にもぐり込む。ザジは巧みにあいだを縫って進んでいく、自転車の名札を刻む男、ガラスをふくらます男、ネクタイの結び方を実演して見せる男、腕時計を勧めるアラビア人、なにからなにまで勧めるジプシー、だれにも彼女は目もくれない。男はぴったり後ろについていく、ザジに劣らず敏捷だ。いまのところ、彼を撒くつもりはない、でもそれは容易なことじゃないと彼女は自分に警告する。間違いない、この男は専門家《プロ》だ。

彼女は突然立ち止まる、放出物品の前で。同時に、彼女は釘づけになる。文字どおり釘づけ。男は急ブレーキをかける、彼女のすぐ後ろで。商人が話しかける。

「磁石をお捜しですか？」落ち着き払って尋く。「懐中電燈ですか？　ゴムボートですか？」

期待と不安でザジは身震いする、だって男が本当に破廉恥な目的を抱いているとはきまったわけではないからだ。口もとまで出かかっている二音節のアングロ・サクソン語を彼女は口にする勇気がない。それを言い出すのは男のほうだ。

「女の子用の、ジーパンはあるかね？」古物商に尋く。「それだったね、お気に入りは？」

「ええ、そう」ザジは口の中でつぶやく。

「ありますとも、ジーパンなら」蚤商人は答える。「選り取り見どりでさ。ぜったい擦り切れないのがありますよ」

「ほう」男は言う。「だけどこの娘《こ》はどうせ大きくなるんだよ。来年になりゃもう着られなくなるだろう、こんなもんは。そのときはどうするんだね？」

「弟か妹にまわすんですね」

「そんなもんはいないよ」

「一年たちゃ、できるでしょう（笑う）」

「冗談はよせ」鬱陶しい面持ちで男は言う。「気の毒にこの娘《こ》の母親はもう死んでいないんだ」

「どうも、失礼」

ザジは好奇心を覚え、いや興味すら抱いて、しばらく痴漢を観察する、だけどそんな余計な問題に気をとられていてはいけない。内心、彼女はじりじりしている、もはや辛抱できず、尋ねる。

「あたしにぴったりのある？」

「もちろんでございますとも、お嬢さま」宮廷お出入りの商人は答える。

「いくら？」

この質問を発したのもザジだ。思わず。ちゃっかり屋だが、しまり屋ではないのだ。相手は答える、いくらするか。男は頷く。それほど高いとは受け取らなかったようだ。すくなくとも男の態度からザジはそう結論する。

「着てみていい？」彼女は尋ねる。

商人はふくれる。フィオールの店にでもいるつもりか、この間抜け娘。愛想笑いで口もとをほころばせて、答える。

「それにはおよびませんよ。ほらごらんなさい」

衣類を拡げ、彼女の前にぶらさげる。ザジは口をとがらせる。着てみたかったのだ。

「大き過ぎない？」さらに尋ねる。

「ごらんなさい！　ふくらはぎより下まで行くことはありませんよ、それにごらんなさい、窮屈かどうか、ちょうどぴったりの着心地ですよ、お嬢さん、もともとスマートでいらっしゃるが」

ザジは生唾を飲みこむ。ジーパン。こんなに簡単に。パリへのデビューにうってつけの。きっとすてきだろう。

男は突然考えに耽《ふけ》りだす。もうまわりのことは頭にないみたいだ。

商人はくりかえす。

「お買い得ですよ、ほんとに」ねばる。「擦り切れたりはしませんよ、持ちがいいですよ」

「どっちだっていいと言ったろ、持ちのいいことなど」男は上の空で答える。

「でもそうざらにはありませんよ、持ちのいいしろものなんて」商人はねばる。

「だけど」突然男は言い出す。「そう言や、ところで、ええっと、ほんとに、こりゃ米軍の払い下げ品かい、このジーパンは？」

「もちろんでさ」露店商は答える。

「じゃ、どうなんだ、やつらの軍隊には小娘がいたのかい、アメ公の軍隊には？」

「なんでもござれでさあ」

露店商はすずしい顔で答える。

男は納得いかぬみたいだ。

「だって、そうでしょう」世界史のせいで売り損ねたくない古物屋は言う。「戦《いくさ》のためとなりゃ、なにからなにまで必要でさァ」

「でこれは？」男は尋ねる。「これはいくらかね？」

サングラスだ。それを彼ははめてみる。

「ジーパンをお買い上げの方には無料でサービスしますよ」もう売れたものときめこんで行商人は言う。

ザジはそこまで自信がない。早く、決めればいいものを。なにをぐずぐずしてるのかしら？　なにを考えているのだろう？　何がねらいなのか？　確かに痴漢だわ、かけだしの変態じゃなく、本物の痴漢。用心しなきゃ、用心しなきゃ、用心しなきゃ。でも、ジーパンだけは……。

やっと、男は決心する。支払う。商品が包まれ、男は包みを腕の下に、自分の腕の下におさめる。ザジは、心中、はなはだ面白くない。どこまで続くのか？

「じゃ」男は言う。「なにかご馳走しよう」

彼は先きに立って歩く、自信に満ちた足どりで。ザジは後を追う、包みをもの欲しげに見つめながら。その調子で彼は彼女を一軒のカフェ・レストランまで引きずって行く。二人は腰をおろす。包みは椅子の上に置かれる、ザジの手のとどかぬところに。

「何にするかね？」男は尋く。「貽貝、それともポテト・フライ？」

「両方よ」ザジは答える、怒りにのぼせて。

「とにかくこの娘《こ》に貽貝をたのむよ」男はウェイトレスに言う。「私は、ミュスカデ、砂糖は二つにして」

餌を待つあいだ、二人はまったく口をきかない。男は悠々と煙草をふかす。貽貝がくると、ザジはさっそく飛びつく、ソースの中に躍り込み、汁の中でじたばたし、顔じゅうベトベトにする。煮炊きに刃向かった弁鰓《べんさい》類もメロヴェ王朝風の残忍さで貝殻の中へ追いつめられる。お転婆娘は中までかじりかねない。すっかり平らげると、こんどは、ポテト・フライはまだかときく。はーい、はい、男は言う。彼のほうは、混ぜ物をちびちび味わう、まるで熱いシャルトルーズ酒でもなめるみたいに。ポテト・フライが運ばれる。特別煮え立っている。ザジは、飛びつき、指を火傷《やけど》する。だけど口のほうは大丈夫だ。

すっかり片づくと、彼女はジンジャービールの小罎を一気に呑みほし、三度小さなおくびを出し、椅子の上にぐったりなる、疲れ切って。食人種めいた翳がかすめたその表情は晴れ渡る。とにかく食べ得だと満足げに考える。次に何かお愛想を言うべき時ではないかと反省する、でも何を？　非常な努力のすえに彼女はそれを見つけ出す。

「お酒を呑むのにひまがかかるのね。パパなんか、それだけかければ十杯呑んだわ」

「よく呑むのかい、君のパパは？」

「呑んだ、と言うべきよ。死んじゃったの」

「ずいぶん悲しかっただろうね、亡くなったときは？」

「ちっとも（身振り）。そんな暇なかったわ、なにやかやで（沈黙）」

「なにやかやって？」

「もう一杯呑みたいんだけど、でもジンジャービールでないのよ、本物のビール」

男は彼女のために注文し、小匙をたのむ。グラスの底に残った砂糖をすくうつもりだ。彼がその作業に専念しているあいだ、ザジはビールの泡を舐め、それから尋ねる。

「新聞読む？」

「時々ね」

「覚えてるでしょ、サン・モントロンのお針娘が夫の頭を斧でたたき割った話？　じつは、あたしのママなの。そして夫は、もちろん、あたしのパパよ」

「へえ！」男は言う。

「覚えていない？」

男はあまり信用してない様子だ。ザジは憤慨する。

「馬鹿にしないでよ、それでも、大評判だったわ。ママはわざわざパリから弁護士を傭《やと》ったわ、有名な男よ、口のきき方からしてちがうの、あんたや、あたしとは。要するに、まぬけよ。でもママを無罪にしたことには変わりないわ、おちゃのこさいさいよ（身振り）、鼻くそほじくるみたい。みんなママに拍手喝采したくらいよ、もすこしで胴あげするところだったわ。その日はまるでお祭り騒ぎだったわ。ママの思いどおりにいかなかったことは一つだけ、つまりパリの男、弁護士が、端金《はしたがね》では承知しなかったことくらいよ。強欲野郎に当たったのね。ジョルジュが居てくれたから助かったけど」

「何者かね、ジョルジュというのは？」

「食堂をやってるの。威勢のいい男よ。ママの情夫《いろ》なの。その男よ、ママに斧を与えたのは（沈黙）、薪割り用に（くすくす笑い）」

ビールを一口すする、気取って、おしとやかな手つきで。

「まだあるのよ」つけ加える。「あたしまで、このあたしまで、証人に呼び出されたわ、傍聴禁止で」

男は乗らない。

「本当にしないのね？」

「あたりまえさ。子供が両親の裁判で証言を行なうなんて法律で許されてないよ」

「そうかしら、両親って言うけど、もう片親しかいなかったもの、それが第一の理由よ、第二は小父さんはなんにも分ってないのよ。サン・モントロンのあたしたちの家へいらっしゃればいいわ、そしたらスクラップを見せてあげる、あたしのことがでてる新聞記事を全部貼りつけておいたから。ママがぶち込まれているあいだ、ジョルジュが、クリスマスの贈物用に、アルゴス新聞をあたしにとってくれたの。ご存じ、アルゴス新聞？」

「いいや」男は言う。

「なさけないわね。お話にならないわ」

「どんな証言をしたのかね、傍聴禁止とは？」

「どう、興味あるでしょう？」

「べつに」

「ずるいのね」

　そして彼女はビールをひとくちすする、気取って、おしとやかな手つきで。男は素知らぬ顔（沈黙）。

「さあ」とうとうザジは言いだす。「そんなにふくれないでよ。話してあげるから」

「どうぞ」

「いいわ。じつを言うとね、ママはパパが我慢ならなかったの、だからパパは悲しくなって、大酒を呑みだしたの。よくあれだけ呑めたものだわ。だから、パパがそんな状態のときは、用心しなきゃならなかったわ、だって猫にまで当たるんだもの。歌にあるみたいに。知ってる？」

「わかるよ」と男。

「ならいいけど。じゃ続けるわ。ある日、日曜日だったわ、フットボールの試合を見に行った日だから、地元チームとヌフリーズの『赤星』の対抗試合だったわ、引き分けでがっかりだったけど。スポーツお好き？」

「うん。プロレスならね」

　男の冴えない体格をジロジロ見渡して、ザジは嘲笑う。

「見物人の部類ね」

「どこかで聞いたような洒落だな」男は平然とやり返す。

憤然として、ザジはビールを呑み干す、そして黙り込む。

「さあ」男は言う。「そんなにむくれないで。話を続けなさい」

「興味ある、あたしの話？」

「ああ」

「じゃ、嘘なの、さっきのは？」

「とにかく続けなさい」

「そんなにじれないで。聞きもらすわよ、あたしの話」

5

男は黙りこむ、そしてザジはこんなふうに話を続ける。

「パパは、そんなわけで家ではひとりぼっちだったの、一人ぼっちで待っていたの、何を待っていたというわけでもないけど、とにかく待っていたの、そして一人ぼっちだったの、というより自分でそう思い込んでいたのね、待ってよ、いまにわかるから。だもんであたしが家に戻ったとき、パパったら、牛みたいに陰気だったわ、だもんであたしにキッスしだしたの、当たりまえのことよ、だってあたしのパパですもの、いきなり大胆な愛撫に変わりだしたの、だからあたし言ってやったの、ああやめてって、この恥知らずがなにをしでかすつもりかわかったからよ、でもあたしがああやめていやって言うと、パパはドアに躍りかかって、鍵をかけ、その鍵をポケットにしまい、そしてまるで映画みたいにハァハァ言いながら目をぎょろつかせたわ、青天の霹靂《へきれき》よ。逃がすものかとわめき立てたわ、逃がすものか、よだれをたらさんばかりにして穢らわしい脅し文句を口にしながら最後にあたしに躍りかかってきたわ。避けるのはわけなかったわ。酔っぱらってたので、パパはうつぶせにぶっ倒れたわ。立ちあがる。またあたしを追っかけだす、まるで、闘牛騒ぎよ。そうしてとうとうあたしをつかまえたわ。そしてまた大胆な愛撫の始まりよ。でも、そのとき、ドアがそうっと開いたの、というのはねママはパパにこう言い置きしていたの、『ちょっと出かけます、スパゲッティと豚肉を買いに行きます』って。でもそれは本当じゃなかったの、パパをだますためだったのよ、斧がしまってある洗濯場に隠れていて、そっと戻ってきていたの、むろん鍵束を持ってよ。ちゃっかりした女でしょう、ねえ?」

「なるほど」と男。

「それからママはドアをそっと開けて、足音ひとつ立てず入ってきたの、パパのほうはかわいそうに別なことに気を取られていて、まったく感づかなかったわ、というわけでパパは脳天をぶち割られたのよ。どう考えても、ママのやり方は行き過ぎよ。見よいものじゃなかったわ。ぞっとするほどよ。おかげであたしコンプレックスを植えつけられちゃった。というわけでママは無罪にされたの。ジョルジュがママに斧をあてがったんだってあたしがいくら言っても、ちっとも効き目はなかったわ、みんなに言わせると、これほどの卑劣漢を亭主に持ったときは、殺《ば》らす以外にしかたがないってわけよ。さっきも言ったでしょう、ママはおほめにあずかったくらいよ。何をか言わんだわ、そう思わない？」

「世間というものは……」と男（身振り）。

「そのあと、ママはあたしに当たりちらしたわ、こう言うの、『この間抜け、なんだって斧のことなんか喋る必要があるの？』『なにさ』こっちもやり返したわ。『本当のことじゃないの？』『この間抜け』ママはもういっぺん言い直して、あたしを殴りつけようとしたわ。みんな大喜びよ。でもジョルジュがママをなだめたの、それにママは見ず知らずの人たちから褒められたのが得意で、もうほかのことは頭になかったの。ともかく、しばらくの間は」

「その後《あと》は？」男が尋ねる。

「そう、その後はジョルジュがあたしの周りをうろつきだしたわ。そこでママはこんなふうに考えたというわけよ、どっちみち皆殺しにはできっこない、それじゃいつかは怪しまれるだろう、それで彼を追い出すことにしたの、あたしのせいで情夫《いろ》をお払い箱にしたのよ。感心でしょう。見上げた母親でしょう？」

「そういやね」男は調子を合わせる。

「ただし、それほど長つづきしなかったわ。代りの情夫《いろ》を見つけたの。その男がママをパリに呼び出したの。自分は男の尻を追っかけまわしているくせに、あたしのことでは、痴漢の群の餌食にならないように、だってそんなのがうようよしてるからよ、ママはあたしをガブリエル伯父さんに預けることにしたの。彼となら、ちっとも心配いらないもの」

「どうしてだい？」

「そんなことわからないわ。昨日着いたばかりで、調べる間がなかったの」

「でなにをしている人だい、そのガブリエル伯父さんてのは？」

「夜警よ、お昼すぎでなきゃ起きないの」

「それで彼が眠っている間に逃げ出したんだな」

「そうなの」

「でおうちはどこ？」

「あそこ（身振り）」

「じゃどうしてさっきはベンチで泣いてたの？」

ザジは答えない、うるさくなりだしたのだ、この男が。

「迷い子になったんだね？」

ザジは肩をすくめる。本当にねちねちした奴。

「ガブリエル伯父さんの住所を言えるね？」

ザジは内心小声で大作戦をねる。「おことわりよ、これ以上お相手はごめんだわ、自分じゃよっぽどもてるつもりなのね、当然の報いだわ、今に見てるがいい」

やにわに、彼女は立ち上がり、包みを引ったくって、逃げ出した。群衆の中に飛び込む。人々や露店の間に滑り込み、ジグザグコースで一目散に駆け、次いであるいは右に、あるいは左に急カーブする、走るかと思えば歩き、急ぐかと思えば速度を落とし、また小走りになり、何度も曲りくねる。

お人好しの男のことを、その間抜け面《つら》を想像して彼女はいまにも吹き出しそうになる、そのとき彼女は得意がるのは早過ぎたことに気がつく。誰かが彼女の傍《わき》を歩いている。目を上げるまでもなく件《くだん》の男であることはわかっている、それでも彼女は目を上げた、万が一ということもある、ひょっとすると別人かも、いや違う、まさしく同じ男だった、なにごともなかったみたいに、男は歩いていた、落ち着き払って。

ザジはなにも言わない。目を伏せたまま、辺りを点検する。雑踏から抜け出て、程々の広さの通りにさしかかっていた、目につくのは頓馬面《とんまづら》の堅気連中、一家の父親、恩給生活者、ガキを散歩させているおばちゃん連、要するに、うってつけの見物客だ。

諦めたものでもない、ザジは小声で独りごちる。息を吸い込み、口をあける、例の戦闘の叫びをあげるために。痴漢よ！　が男のほうが役者が上だ。彼女の手から包みを荒っぽく奪い取ると、襟首をつかんで彼女をゆすぶり、こんな言葉で男はわめき立てる。

「ああ！　近頃の若い奴らは。見てください、私からこいつをかっぱらおうとしたんですよ」

次に集まってきた群衆に向かって訴える。

「太いあまだ、この盗っ人め、うしろに目がないと思って」

そして包みを頭上で振り廻す。

「ジーパンですよ」捲《まく》し立てる。「ジーパンを、こいつめ私からかっぱらおうとしたんですよ、この小娘は」

「まあ、あきれた」一人の主婦が注釈する。

「悪い娘ね」もう一人が言う。

「恥知らずだわ」三人目が言う。「教わらなかったのかしら、他人様《ひとさま》の持ち物に手を出してはいけないってこと？」

男は小娘を叱りつづける。

「どうなんだ警察へ突き出されてもいいのか、どうなんだ？　警察だぞ。刑務所入りだぞ。懲役だぞ。少年審判所へ引っぱり出され。判決は感化院送りだ。有罪は確実だからな。最高刑だ」

骨董品の掘り出し物を求めてたまたまこの一角を通りかかった上流階級の一婦人がお立ち止まり遊ばされた。下々の者に口論の原因《もと》を問いただし、ようやく、のみ込めると、その山高帽も、黒い口髭も、色眼鏡もこの界隈ではかくべつ人目を引くようには思えないが、この異様な人物のうちにもたぶん存在しているにちがいない人情に、彼女は訴えようとした。

「どうか」と話しかけた。「この娘《こ》を憐れんでやってください、どのみち、悪い教育のせいで、この娘《こ》に責任はありません。きっとひもじさがもとで、こんな浅ましい行為に走ったのにちがいありませんわ、でもあまり、そうですわ〈あまり〉咎めるのはどうかと思います。あなたはひもじい経験をなさったことはありませんの（沈黙）？」

「この私に、奥さん」男は悲痛な口調で答える（映画でもこんなに上手《うま》くはやれないわ、ザジは独りごちる）。「この私に？　ひもじい経験はないかとおっしゃるんですか？　だって私は孤児院出です……」

群衆は同情のつぶやきにざわめく。男は、この成果を利用して、そいつを、群衆を、かき分ける、そしてザジを引きずって行く、悲劇調で弁じ立てながら。

「どう言うか聞いてみよう、君の両親が」

やがてすこし行ってから男は口をつぐむ。二人はしばらく黙って歩いた。すると突然、男が言い出した。

「しまった、傘《こうもり》を酒場に忘れてきた」

男はひとりごとで、しかも小声でそう言ったのだ、がザジはこの片言から結論を引き出すのに暇取らなかった。この男は贋《にせ》警官の恰好をした痴漢ではなく、本物の警官の恰好をした贋痴漢の恰好をしている本物の警官なのだと。証拠は、傘を忘れたことだ。この推理は議論の余地ないものに思えたので、ザジは伯父と警官を、本物の警官を対決させたら、愉快ないたずらになりそうだと考えた。そこで、男がまだすんじゃいない、住居を聞きだすまではときめつけたとき、あっさり彼女は住所を教えた。いたずらは果たして効を奏した。ガブリエルはザジが扉を開け、大声をはりあげ、「伯父さん、刑事さんがお話があるって」と陽気に告げるのを聞いたとき、壁に凭《もた》れかかって、蒼くなった。もっとも光線のせいだったかもしれないが、入口はとても暗かったから。だけど男は何も気づかぬふりを装い、ガブリエルのほうは落ち着きをなくした声で言った、どうぞお入りください。

二人はそこで食堂に入った。さっそくマルスリーヌはザジにすがりつき、迷い子を見つけた心底からの喜びを表明する。ガブリエルは彼女に向かって言う、旦那に何かお出ししなさい。が相手はなにも呑みたくないと明言する。ガブリエルのほうは、お構いなしにグルナディンの小壜を自分用に持ってこさせる。

勝手に、男が腰をおろす一方、ガブリエルは自分でたっぷり酒を注ぎ、冷水で少し薄めた。

「本当になにかあがりませんか?」

「(身振り)」

ガブリエルは気つけ薬を流し込み、グラスを卓子の上に置いて、待った、じっと目をそそぎながら。けれども男は口をひらきそうな様子はない。ザジとマルスリーヌは、立ったまま、二人を窺っていた。

長いこと続いたろうか。

やっと、ガブリエルは会話の糸口を見つけ出した。

「ところで」さりげなくガブリエルは切り出した。「警察の方ですね?」

「とんでもない」相手は衷心からの口調で叫ぶ。「私はただのしがない行商人です」

「嘘だわ」ザジが言う。「しがない刑事よ」

「はっきりさせなきゃ」ガブリエルが元気のない声で言う。

「お嬢さんの冗談ですよ」男は相変わらず人が好さそうに言う。「私は放出屋のペドロって名前で通ってますよ。土、日、月には蚤の市で、アメちゃんの軍隊が駐留中に残してった雑品を連中にばらまいてますよ」

「無料《ただ》でばらまいてるんですか?」ガブリエルがちょっと色気を見せて尋く。

「ご冗談でしょう!」と男。「端金《はしたがね》と交換でさあ（沈黙）。今度の場合は別ですがね」

「いったいどういう意味ですか?」ガブリエルが尋ねた。

「つまり簡単に言えばこの娘《こ》が（身振り）私からジーパンをかっぱらったってことですよ」

「そういうことなら」とガブリエル。「返させますよ」

「ひどいわ」ザジが口をはさむ。「この人があたしから捲き上げたのよ」

「それじゃ」ガブリエルは男に言う。「なにが不満なんです?」

「不満ですね、とにかく」

「あたしのよ、ジーパンは」ザジが言う。「このひとがあたしからかっぱらったのよ。そうよ。おまけに、このひと刑事《でか》よ。用心して、伯父さん」

ガブリエルは、まだ安心できず、グルナディンをもう一杯注ぐ。

「よくわからんね、まったく」と言いだす。「もしあんたが警官なら、なにが不服なのかわからんし、もしそうでないんなら、私に尋問する根拠はない」

「ちょっと待ってください」男は言う。「尋問してるのは私じゃないですよ、あなたのほうですよ」

「そういやそうだ」公平にガブリエルは認める。

「ほらきた」とザジ。「カマをかけるわよ」

「どうやら今度は私が尋問する番ですな」と男。

「弁護士の前でしか答えちゃだめよ」とザジ。

「うるさいね」とガブリエル。「お前の指図は受けんよ」

「うっかり喋るとたいへんなことになってよ」

「まるで頓馬扱いでさ」男のほうに愛想よく話しかけながらガブリエルは言う。「これが現代っ子というもんですかね」

「目上の者を敬うってことがありませんからね」相手は答える。

「胸くそが悪くなるわ、こんな馬鹿話」ザジが一家言を言い放つ。「消えちゃおうっと」

「そうですよ」と男。「ご婦人方はお引き取り願ったほうが」

「ではご免あそばせ」からかうようにザジは言う。

部屋を出しなに、彼女はそっと包みを取り戻した、男が椅子の上に忘れていたのだ。

「ごゆっくり」自分も引き退りながらマルスリーヌがおしとやかに言う。

おしとやかに扉を後ろに閉める。

「すると」男が言う。「(間)なんですな、あなたは少女に淫売させて、そのあがりで暮していいるというわけですな?」

ガブリエルは芝居がかった抗議の仕草で身を起こしかける、がすぐに空気がぬける。

「俺がだって？」ロの中でブツクサ呟く。

「そう！」男はやり返す。「そう、あなたのことですよ。そうじゃないとおっしゃるんですか？」

「むろん」

「よくもぬけぬけと。現行犯ですぞ。あの娘は蚤の市で、客を引いていたんだ。まさかアラビア人まで押しつけてるんじゃないだろうな」

「とんでもない」

「ポーランド人も？」

「当り前です」

「フランス人と金持ちの旅行者だけってわけだな」

「だけもなにも」

グルナディン酒の効き目が現われだす。ガブリエルは元気を回復する。

「じゃ否定するんですな？」男は尋ねる。

「ならどうだってんです」

男は悪魔じみた笑みを浮かべる、映画みたいに。

「なら、聞かせていただきましょう」囁くような声で言う。「あなたがそのかげに違法行為を隠している仕事、または職業はいったいなんですか」

「言ったでしょう、違法行為なんかしてませんよ」

「ごまかしても駄目、職業は?」

「芸術家ですよ」

「あなたが? 芸術家だと? あの娘《こ》が教えてくれましたよ、あなたは夜警だって」

「あの娘《こ》は何も知らないんだ。それに誰だっていつも子供に本当のことを言うとは限りませんよ。じゃないですか?」

「私には、本当のことを言うんですか」

「だって子供じゃないもの(愛想笑い)。グルナディンは?」

「(身振り)」

ガブリエルはもう一杯グルナディンを注ぐ。

「じゃ」男は続ける。「どういう芸術家です?」

ガブリエルはつつましやかに目を伏せる。

「踊り子です」それが答えだ。

## 6

「なにを話し合ってるの？」ジーパンを穿き終えてザジが尋く。

「二人とも声が低すぎて」部屋の扉に耳を押しあててマルスリーヌがおしとやかに言う。「よく聞こえないわ」

　彼女はおしとやかに嘘をついた、というのは彼女には非常にはっきり聞こえたからだ、男がこんなふうに言っているのが。「つまりそのせいですな、あんたが男色家《ホモ》だから、母親はあの娘《こ》をあんたに預けたんでしょう？」そしてガブリエルの答えるのが。「私はそんなのじゃないって言ってるでしょう。なるほど、私は女装してホモ・キャバレーの舞台《ステージ》に出てますよ、だからどうってことはありませんよ。ただお客を笑わせるためですよ。わかるでしょう、私がのっぽなもんで、みんな笑いこけるんですよ。でも私は、ほんとは、そんなじゃありませんよ。その証拠に結婚してます」

　ザジは自分の姿を鏡に映して惚れ惚れと涎《よだれ》をたらして見つめていた。ぴったりといえばジーパンは彼女の体にぴったりだった。むっちり申し分なく締まった小さなお尻を両手で撫で、彼女は深い溜息をもらした、大いに満足して。

「本当になにも聞こえないの？」尋ねる。「ちっとも？」「ええ」おしとやかにマルスリーヌは答えた、相変わらず嘘をついて、というのは件《くだん》の男はこう言っていたからだ。「だからどうってことはありませんよ。とにかくいくら否定したってだめですね、母親があんたに子供を預けたのはあんたのことを男色家《ホモ》だと思っているからですよ」そしてガブリエルはそのことを認めぬわけにはいかない。「そりゃ、そうですがね」譲歩した。

「どう、似合うでしょ？」ザジは言う。「素敵でしょ？」

マルスリーヌは、聴くのをよして、彼女を見つめた。

「女の子の服装も変わったものね、近頃は」おしとやかに彼女は言う。

「気に入らない？」

「そんなことないわ。でも、ねェ、大丈夫、包みを取られてあの男《ひと》だまっているかしら？」

「だから何度も言ってるでしょう、ジーパンはあたしんだって。どんな顔をするか、この恰好を見せてやりたいわ」

「と言うことは、わざわざあの男《ひと》の前に飛び出して行くつもり」

「そうよ」とザジ。「なにも逃げ隠れすることはないわ」

部屋を横切って彼女は扉に耳を張りつける。男の言う声が聞こえた。「おや、何処に置いたっけ、あの包みを？」

「ちょいと、マルスリーヌ伯母さん」ザジは言う。「あたしを馬鹿にしてるの、それとも本当に耳が遠いの？　とてもよく聞こえるじゃない、二人の言ってること」

「あらそう、何を話しているの？」

差し当たって伯母のにわか聾の問題を追究することは諦めて、ザジは再び耳をドアの板に押し当てる。男はこんなふうに言っていた。「どうも！　おかしいぞ、あの娘《こ》が盗んだのでなきゃいいが、あの包みを」するとガブリエルが横あいから。「もともとお持ちでなかったんでしょう」「いいや」男は言っていた。「あの小娘が盗んだとなると、少々ことですな」

「なにをぶつくさ言ってるのさ」とザジ。

「帰りそうにない？」おしとやかにマルスリーヌが尋ねる。

「ええ」とザジ。「今度はあなたのことで渡りあってるわ」

「結局」男は言っていた。「あんたの奥さんかもしれませんな、あの包みをくすねたのは。きっとジーパンを穿きたいんだ、奥さんも」

「そんなバカな」ガブリエルが言っていた。「そんなバカな」「どうしてそんなことがわかるんです？」男は言い返す。「ホモがかった亭主を持てばそんな気にもなりかねませんよ」

「ホモってなに？」ザジが尋ねる。

「ジーパンを穿いてる男の人のことよ」おしとやかにマルスリーヌは言う。

「でたらめ言ってるわ」とザジ。

「ガブリエルはあの男をたたき出すべきよ」おしとやかにマルスリーヌが言う。

「痛快だわ」とザジ。

つぎに、疑ぐりぶかく。

「彼にできるかしら？」

「まあ見てなさい」

「待って、あたしがさきに入る」

彼女は扉を開けた、そして高らかに響きわたる声でどなり立てた。

「ほら、ガブリエル伯父さん、どう、あたしのジーパン？」

「早く脱がないか」ガブリエルはぎょっとなって叫んだ。「すぐこの方にお返しするんだ」

「お返し、けつ喰らえ」ザジは言い放つ。

「理由がないもの。これはあたしのよ」

「ほんとかね」うんざりしてガブリエルは言う。

「そう」男は言う。「脱ぐんだ、大急ぎで」

「こいつをつまみ出して」ザジはガブリエルに言う。

「支離滅裂だね」とガブリエル。「警官《デカ》だから用心しろと言うかと思うと、すぐそのあとでぶん殴れとくるんだから」

「警官《デカ》だからじゃないわ、恐ろしいのは」芝居がかった身振りでザジは言う。「このドスケベが、あたしに穢らわしいこと持ちかけたからよ、だから裁判所に送り込んでやるのよ、警官《デカ》だろうとなんだろうと。判事さんは、あたしよく知ってんだ、可愛い子ちゃんがお好きよ、だからこんなスケベエ警官《デカ》は、死刑を宣告されて、ギロチンで首をスポリよ。おが屑籠の中からこいつの首を捜し出して、汚ない面《つら》に唾をひっかけてやるわ」

　その残虐場面を想像して身震いし、ガブリエルは思わず目をつむった。男のほうに向き直って、

「聞きましたか。覚悟はいいですね？　なにをしでかすかわかりませんよ、子供というやつは」

「ガブリエル伯父さん」ザジはわめき立てる。「ほんとうにジーパンはあたしのよ。あたしを助けて、ガブリエル伯父さん。助けて。ママはどう言うでしょう、こんな左巻きの、ごろつきに、人攫《ひとさら》いかもしれないような男に、あたしがくそみそに言われるのを、伯父さんが黙って見殺しにしたとわかったら」

「いょっ！」心の中で彼女は小声で自分に喝采する。「『椿姫』のミッシェル・モルガ

ンくらいいけそうだわ」

果たしてこの悲痛な祈りに胸を打たれ、半音《メッザー・ヴォーチェ》でいや独白《インペットー》に近いセリフで、ガブリエルは困惑を表明する。

「どうも、相手が警官《ポリ》ではね」

男はせせら笑う。

「どうしてあんたはそう変なふうにばかり勘ぐるんです」ガブリエルは赤面して言う。

「いいやあんたは自分の立場がわかっていなさらんようだ」ますます意地悪げなメフィストフェレスじみた態度で男は言う。「売春、ゆすり、おやま、おかま、ふたなり、ぜんぶ合わせれば、まず十年の懲役はまぬがれんだろうね」

次にマルスリーヌのほうに向きなおって。

「それに奥さん？　奥さんのことについてもちょっとお尋ねしたいのですが」

「なんでしょうか？」おしとやかにマルスリーヌは尋く。

「話しちゃだめよ、弁護士の前でなきゃ」とザジ。「あたしの言うことを聴かなかったから、伯父さんはこんな目にあったのよ」

「お前さんはだまってなさい」男がザジに言う。「そう」続ける。「奥さんのご職業を聞かせていただけますかね？」

「主婦業だ」ガブリエルが憤然として答える。

「具体的にいうと？」男は皮肉な調子で尋く。

ガブリエルはザジのほうを振り向いて目くばせする、これから起ることを娘にとくと観賞させようというわけだ。

「具体的にいうと？」おうむがえしに男は言う。「例えば、汚物処理とか」

ガブリエルは男の背広の襟首をひっつかむ。男を踊り場へ引きずり出し、階段から下へ突き落とす。

音がした。柔らかく、ひしゃげるような物音。

帽子が同じ径をたどる。山高帽《メロン》のくせにさっきほどは音がしない。

「お見事」ザジは小躍りして叫ぶ、いっぽう下では男が身を起こし、口髭と黒眼鏡をもとの位置に直していた。

「何にします？」テュランドーが声をかけた。

「強壮酒《きつけ》をたのむ」臨機応変に男は答える。

「ものは？」

「なんでもいい」

店の奥へ行って腰をおろす。

「何を呑ませりゃいいかな」テュランドーは思案する。「フェルネ・ブランカなんかどうかな？」

「呑めたもんじゃないね」シャルルが言う。

「呑んだこともねえくせに。そう捨てたものでもないさ、おまけに胃にはとびきりいいんだ。どうだい試しに一杯」

「味見をさせてくれ、ほんのちょっぴり」シャルルのほうはおれる。

テュランドーは気前よく注ぐ。

シャルルは唇を浸し、舐め、舌鼓を打ち、口をもぐもぐさせ、慎重に味わい、一口呑みくだし、さらにお代りする。

「どうだい？」テュランドーが尋く。

「いけるね」

「もう少し呑むかい？」

テュランドーは再びグラスを満たし、壜を棚に戻す。さらに捜し廻り、別のを見つける。

「鉄砲水《オー・ダルクビュズ》もあるぜ」

「時代遅れだね。こんにち、必要とされてるのは、原爆水《オー・アトミック》さ」

この世界史のおさらいはみんなを大笑いさせる。

「まったく」ガブリエルが息せききって酒場に駆け込んで来て叫ぶ。「まったく、陽気でなによりさ。俺んちとはたいへんなちがいだ。ひでえ目にあったよ。グルナディンをたっぷり注いでくれ。うんと強くして。強壮酒《きつけ》が要るんだ。どんな目にあったか」

「あとで聞かせてもらうよ」テュランドーはちょっと困った様子で言う。

「よう、おはよう」シャルルにむかってガブリエルは言う。「一緒に昼飯を食ってけよ」

「その約束じゃなかったのか？」

「念を押しただけさ」

「念を押す必要はないさ。忘れてないよ」

「じゃもういちど確認したことにしとこう」

「確認する必要はないさ、話はついてるはずだ」

「つまり一緒に昼飯を食うってことだな」ガブリエルが引きとって結論する。

「喋れ、喋れ」〈緑〉が言う。「それだけ取り柄さ」

「まあ呑めよ」テュランドーがガブリエルに言う。

ガブリエルは勧めに従う。

「(溜息) ひでえ目にあったよ。ザジが連れてきた男を見たろ？」

「はあ……」テュランドーと小足のマドは控え目に言葉をにごす。

「俺は後から来たんでね」シャルルは言う。

「ところで」ガブリエルが言う。「退散するとこを見たかい、野郎が?」

「なにしろ」とテュランドー。「ちゃんと面《つら》を見る間はなかったんでね、覚えてるかどうかは心細いがね、お前さんの後ろに奥のほうに腰かけてる奴がそれじゃないかね」

ガブリエルは振り返る。男はそこにいた、椅子に腰かけて辛抱づよく強壮酒を待ちながら。

「しまった」とテュランドー。「うっかりして、すみません、忘れちまって」

「かまいませんよ」丁寧に男は応じる。

「フェルネ・ブランカはいかがですか?」

「あなたが勧めるんでしたら」

その時、ガブリエルが、まっさおになり、へなへなと床に尻もちをついた。

「フェルネ・ブランカ、二人前だ」駆け寄って仲間を助け起こしながら、シャルルが言う。

「フェルネ・ブランカ二人前ね」機械的にテュランドーは答える。

この出来事で落ち着かず、グラスをギリギリに満たせなかった、手が震え、傍に褐色の水溜りをこしらえた、するとそこから幾本も偽足が延び、占領このかた木製のカウンターを汚しにかかった。

「かしなさい」小足のマドが興奮した主人の手から壜をもぎ取って言う。テュランドーは額を拭う。男はやっと出された強壮酒をおとなしく啜る。ガブリエルの鼻をつまみ、歯のあわいから、シャルルは酒を流し込む。唇の合わせ目に沿ってすこしばかりこぼれ落ちる。ガブリエルは荒い息を吐く。

「世話のやける奴だ」シャルルは愛情をこめて言う。

「女のくさったような奴だ」元気を回復した件の男が口をはさむ。

「そうは言わせませんよ」テュランドーがやり返す。「証拠を見せましたからね。戦争中」

「何をしたんだい？」さり気なく相手は尋ねる。

「収容所でさ」順ぐりにフェルネを注ぎ足しながら亭主は答える。

「ああ！」なんだと言わんばかりに男。

「きっと覚えてないんでしょう」テュランドーは言う。「とにかく、忘れっぽいからね。強制労働。ドイツで。覚えてませんか？」

「べつに逞しい証拠にはならんね」男が注意する。

「じゃ空襲は」テュランドーは言う。「そいつも忘れましたか、空襲も？」

「で空襲のとき彼はどうかしたんかね、きみの勇者は？　爆弾を腕で受け止めたのかね、爆発しないように？」

「くそ面白くもない冗談だ」苛々しだしてシャルルが言う。

「言い合いはやめてくれ」ガブリエルが舞台と接触を取り戻して呟く。

まだ正常ではないふらつき気味の足どりで、一つのテーブルに近づき、へたり込むが、そこは件の男のテーブルだ。ガブリエルはポケットから薄紫色の小切れを取り出し顔をはたく。酒場じゅうに月光色の竜涎香《りゅうぜんこう》と銀色の麝香《じゃこう》の香りが充満する。

「うへェ」男は言う。「たまらん匂いだ、あんたの下着は」

「また喧嘩を売るんですか?」ガブリエルが悲痛な表情で尋く。「これでもフィオールの品物ですよ、この香水は」

「人さまざまさ」彼にむかってシャルルが言う。「洗練された品物のわからん田舎者だっているさ」

「洗練だと、笑わせるね」男はやり返す。「うんこ精練所で洗練あそばしたのかね」

「ご名答」ガブリエルはうれしそうに言う。

「一流店の製品にはそいつがちょっぴりまざってるといいますからね」

「オーデコロンにもかい?」この上流人士の集《つど》いのほうにおずおずと近づきながらテュランドーが尋ねる。

「まったく鈍い野郎だよ、お前さんは」シャルルが言う。「わからんかね、ガブリエルの言うことはみんなでたらめさ、ただの聞きかじりさ」

「なにごとだって最初は聞きかじりからさ」ガブリエルが反駁する。「でたらめだって自分で思いついたことなんてあるかい？」

「たいそうだな」男が言う。

「なにがたいそうなんだ？」シャルルが尋ねる。

　相手は、動じない。

「あんたはでたらめは言わないってんですか？」狡猾に尋《き》きかえす。

「こいつはでたらめを自分だけにしまっとくんだとさ」他の二人に向かってシャルルは言う。「気ざな野郎だ」

「さっぱり」テュランドーが言う。「わからんよ」

「何処から脱線したんだっけ？」ガブリエルが尋く。

「自分一人じゃお前さんはでたらめも思いつかんと言ったのさ」シャルルが言う。

「俺がどんなでたらめを言った？」

「忘れたよ。多すぎて」

「なら、一つくらい簡単に挙げられるだろう」

「あとは」従《つ》いていけなくなったテュランドーが言う。「お前さんたちでやり合ってくれ。お客さまのお越しだ」

　昼食客がやって来た、何人かは弁当持ちで。〈緑〉が例の口ぐせを叫び立てるのが耳に入る。「喋れ、喋れ、それだけ取り柄さ」

「なるほど」ガブリエルは考え込んで言う。「何を喋ったっけ？」

「なんにも」男が答える。「なんにも」

ガブリエルはうんざりした様子で男を見つめる。

「それで」と尋ねる。「それで俺はいったいここへ何しにきたんだ？」

「俺を捜しに来たのさ」とシャルル。「思い出したかい？ 俺はお前さんとここで昼食をよばれ、そのあとあの娘《こ》をエッフェル塔へ連れて行くのさ」

「じゃ、行こう」

ガブリエルは立ち上がる、そしてシャルルを従え、外へ出る、件の男には会釈もせずに。

男は（身振り）小足のマドを呼ぶ。

「ついでに」と言う。「昼飯を食べていくよ」

階段の途中でガブリエルは立ち止まり、相棒のシャルルに尋ねる。

「やつを招待するのが礼儀じゃなかったかね？」

# 7

グリドゥーはその場で昼食をとる習慣だ、こうすれば客が現われても、逃がさずにすむだろう。もっともこの時刻にはめったに飛び込んでくる客もないが。その場で昼食をとることにはつまり二重の利点があるわけだ、だって時間からして客はだれひとり現われっこないので、グリドゥーは悠々と餌をぱくつくことができるのだ。その餌はたいていの場合ほかほかのジャガ芋を添えたこま切れ肉が一皿きりで、一時ごろ、かき入れ時がすぎてから、小足のマドが彼のところまで運んでくる。

「今日はレバーかと思ってたよ」そう言って、グリドゥーは隅に隠した赤葡萄酒の罎を取り出すために身をかがめた。

小足のマドは肩をすくめる。レバー？　夢でも見てるんじゃない！　グリドゥーもそれはよくわきまえていた。

「ところであの男は？」グリドゥーが尋ねる。「何をしてるかね？」

「食べ終わったとこよ。口をきかないわ」

「尋問しないのかい？」

「ちっとも」

「テュランドーは、話しかけないのか?」

「おっかないのよ」

「気にかからんのかね?」

「じゃないでしょ、でもおっかないのよ」

「なんとね」

グリドゥーは温度が適当に下がった食い物をつつきにかかる。

「あとは?」小足のマドが尋《き》いた。「なににします? チーズなら、ブリーとカマンベールよ」

「美味《おい》しいかい、ブリーは?」

「ちょっと早いかしら」

「じゃ別のだ」

小足のマドが行きかけると、グリドゥーは尋ねる。

「で奴は? なにを食ったんだい?」

「あなたと同じよ。まったく」

彼女は露店と『穴倉』を隔てる十メートルを走っていく。もうじき彼女からくわしい答えが聞けるだろう。グリドゥーには提供された情報はたしかに不充分きわまるものに思われた、それでも女給仕が戻ってきて陰気なチーズを差し出すまで彼はそれを瞑想の糧にする。

「どうだった？」グリドゥーは尋ねる。「あの男は？」

「コーヒーを飲み終わったところよ」

「でなにを話してる？」

「相変わらずなにも」

「たくさん食べたかい？　食欲は旺盛かい？」

「まあね。食い物のことにはうるさくないみたい」

「最初はなにを取ったね？　鰯《いわし》かい、それともトマト・サラダかい？」

「あなたと同じだと言ったでしょ、まったくあなたと同じよ。最初になにも取らなかったわ」

「飲み物は？」

「赤よ」

「小壜かい？　中壜かい？」

「中壜。からにしたわ」

「ほーッ」グリドゥーは断然興味を抱いて言う。

チーズにしゃぶりつく前に、器用に啜って、歯並みの間に何箇所も挟まった牛肉の繊維《すじ》を考え込みながら抜き取った。

「で便所は？」さらに尋ねる。「便所には行かなかったかい？」

「ええ」

「小便にも？」

「ええ」

「手を洗いにも行かなかったのか？」

「ええ」

「なにをしてるんだ今？」

「なにも」

グリドゥーは手の込んだでっかいチーズパンにかじりつく。皮のところを端っこに押しやり、いちばんうまい部分を最後に取りのけておく。

小足のマドはぼんやり彼のすることを眺めている、あとはもう暇だ、とはいえ給仕は終わったわけではない、客が勘定書を要求するだろう、たとえばおそらくあの男。彼女は露店に凭《もた》れかかった、そしてぱくついているグリドゥーが喋れないのを利用して、自分の個人的問題をきり出す。

「まじめな型《タイプ》よ」言いだす。「職もあるし、いい職業よ、だっていいんですもの、タクシーって、そうでしょ？」

「（身振り）」

「老けすぎてもいないし。若すぎもしないし。健康で。たくましくって。きっと貯金もあるわ。申し分なしよ、シャルルなら。問題は一つだけ、ロマンチック過ぎるってことね」

「そうだね」グリドゥーは認める、噛《の》み込むあい間に。

「ほんとにいらいらするの、あの人が婦人雑誌の身の上相談や求婚広告をさがしまくっているのを見ると。滑稽だわ、あたし言ってやったの、滑稽だわ、そんなとこに夢の小鳥が見つかると思うなんて。ほんとにそんな小鳥なら、自分で相手を見つけるはずよ、そうでしょ？」

「（身振り）」

グリドゥーは最後の噛下の最中である。チーズパンを片づけ、葡萄酒のグラスをものものしく流し込み、壜をしまう。

「でシャルルは？」尋ねる。「なんて答えたんだい、それには？」

「うまくはぐらかすの。『それで君の小鳥は、ちょくちょく見つかるかい？』なんて。冗談で片づけちゃうの（溜息）。わかってくれないの」

「はっきり打ち明けるんだね」

「それも考えたわ、でもうまくいかないの。例えばときどき階段で出くわすの。絶好の舞台だとは思うの。だのにそのときはうまく話せないの、あがっちゃって（沈黙）

——うまく話せないの（沈黙）。いつか食事にでも誘うかしなくちゃ。彼承知するかしら？」

「はねつけるとすりゃ、つめたい男だね」

「そこなのよ、つめたいとこがあるの、シャルルって」

グリドゥーは異議申し立ての素振りをする。戸口の敷居のところで、店主が叫んでいた。「マド！」

「いま行きます！」その言葉が望みの速度と強度で空気を引き裂くのに必要なちからで彼女は答える。「とにかく」グリドゥーに向かってもっと穏やかな口調でつけ加えた。

「わからないわ、あのひとの気持、新聞で見つかるような女のどこがいいのかしら。純金のお尻があるわけじゃなし」

テュランドーがまたピーピー叫びだしたために彼女はそれ以上憶測している暇はなかった。彼女は食器を持ち去り、グリドゥーは靴と街路を相手にまた一人ぼっちになる。彼はすぐには仕事に戻らない。一日五本の煙草のうちの一本をゆっくりと巻き、落ち着いて吸いはじめる。何か考え込んでいるようにも見える。煙草がほとんど燃えつきると、彼はその吸殻を揉み消し、大事に薬箱にしまい込む。占領中の習慣なのだ。そのとき誰かが彼に問いかける、靴紐はないかい、切れちまってね。グリドゥーは振り仰ぐ。確かに例の男だ、相手はつづける。

「じつによわるよ、わかるだろう？」

「私にゃわからんことですよ」グリドゥーは答える。

「黄色が欲しいんだが。栗色でもいいよ、黒は駄目だ」

「どんなのがあるか見てみましょう」グリドゥーは言う。「受け合えませんがね、お望みの色が揃っているかどうか」

動こうともせず、ただ相手をじろじろ見つめるだけだ。男は気付かぬ振りをする。

「虹色もいやだがね」

「何ですって？」

「虹の色だよ」

「そいつは、今のとこ切らしてますよ。それにほかの色もやっぱりありませんね」

「その箱の中のは靴紐じゃないのか？」

グリドゥーはブックサ。

「いいですか、私は他人に家を引っかき廻されるのはきらいでしてね」

「まさか必要としている人間に靴紐を売らないと言うんじゃあるまいね。飢えた男にパンを拒むようなものだ」

「わかってますよ、泣き落としはやめてください」

「じゃ靴なら？　靴も売らないというのかい？」

「そら、おいでなすった」グリドゥーは叫ぶ。「あんたの負けだよ」

「どうしてだね」

「私は靴直しだけど、靴屋じゃありませんよ。Ne sutor ultra crepidam 古人も言ってまさあ。ラテン語はおわかりでしょうね？　Usque non ascendam anch'io son pittore そう言や、あんたにわかるわけはないや、あんたは坊さんじゃなくて、警官《ポリ》さんだからね」

adios amigos amen ってとこですよ。

「何処で聞き込んだんだ？」

「警官《ポリ》か、でなきゃ痴漢か」

男は平然と肩をすくめる、それから自信も憤慨も感じられない口調で言う。

「侮辱だ、迷い子を親のもとへ送り届けてやったというのに、感謝の代りがこれだ。侮辱だ」

そして大きな溜息の後でつけ加える。

「まったくなんて保護者だ」

グリドゥーは椅子から尻を剝がし、鋭い剣幕で尋ねる。

「どこが悪いんです、あの子の保護者の？　なにが不服なんです？」

「ああ！　べつに（微笑）」

「言ってくださいよ、さあ言ってください」

「伯父さんというのは伯母さん（男色家のことをいう）だよ」

「でたらめだ」グリドゥーは怒鳴りつける。「でたらめだ、そんなことは言わせん」

「大きな口をきくね、お前さんの指図は受けんよ」

「ガブリエルは」とグリドゥーはおごそかに言い渡す。「ガブリエルは堅気な市民だ、堅気の善良な市民だ。それに近所じゅうから好かれてる」

「男蕩《た》らしさ」

「いい加減にしなさい、そういう高飛車な口のきき方は。何度言やわかるんです。ガブリエルは男色家じゃありませんよ、はっきりしてますよ、どうなんです？」

「証明してもらいたいね」相手はやり返す。

「簡単ですよ」グリドゥーは答える。「女房がいますからね」

「そんなことはなんの証明にもならんよ」男はやり返す。「例えばアンリ三世だって、結婚してたからね」

「相手は？（にやにや笑い）」

「ルイーズ・ド・ヴォーデモンさ」

グリドゥーはせせら笑う。

「調べてみなくちゃ、その婆さんがフランス王のお后だったたか」

「誰だって知ってることさ」

「テレビででも見たんですか（顰面《しかめつら》）。きっとなんでも信じちゃうんでしょう、連中の言うことなら？」

「とにかくどんな本にでも出てるよ」

「電話帳にも？」

男は返答に窮する。

「そら見なさい」グリドゥーは気安く結論する。

そして意気揚々とつけ加える。

「いいですか、あんまり早急に人を判断するもんじゃありませんよ。ガブリエルは男色《おかま》バーでスペイン女の仮装《なり》をして踊ってます、そりゃ認めますよ。だけど、それがなんの証拠になるんです、エエッ？　なんの証拠になるんです？　さあ、靴をよこしなさい、靴紐を直しましょう」

男は靴を脱いだ、そして付けかえが終わるのを待つあいだ、片足で立った。

「そんなことはなんの証拠にもなりませんよ」グリドゥーは続ける。「早呑み込みの連中を喜ばせるくらいのことでさ。大男が闘牛士の服装《なり》をしたんじゃ、座興程度ですよ、だけど大男がスペイン女の服装《なり》をするとなると、そのときはみんな大笑いしますよ。いやそれだけじゃない、オペラ座でやるみたいに『白鳥の死』まで踊るんだから。

短いスカートでね。そうなりゃみんな腹の皮をよじりますよ。馬鹿な奴らだと言いたいんでしょう、同感ですよ、でもそれもこれも職業《しょうばい》には変わりませんよ、じゃないですか？」

「なんて職業だ」男はそう言うだけにとどめた。

「へーえ」グリドゥーは蔑んだ口調で言い返す。「じゃあんたは、あんたの職業は、自慢できるとでも言うんですか？」

　男は答えなかった。

（二重の沈黙）

「さあ」グリドゥーは続ける。「直りましたよ靴が、新しい紐をつけておきました」

「いくらだい？」

「いりません」グリドゥーは答える。

　つけ加える。

「とにかく、旦那はそっけないよ」

「そうは言わせんね、こっちから声をかけたんだ」

「そうです、でも尋《き》いても答えてくれないもの」

「どんなことかね、例えば」

「ほうれん草はお好きかとか」

「スープでなら食べられるがね、好物ってもんじゃない」

グリドゥーはちょっと考え込み、舌打ちを連発する。

「どうかしたかい?」男が尋ねる。

「ここへなにしに来なさったか教えてくれませんかね」

「迷い子を親元に送りとどけに来たのさ」

「どうやら本当みたいですね」

「おかげでひどい目にあったよ」

「なんだ!」とグリドゥー。「たいしたことじゃない」

「相手がジプシー王とジーパン姫とでは別さ(沈黙)。おまけに泣き面《つら》に蜂だ」

男は靴を履き終えた。

「泣き面に蜂だ」繰り返す。

「どうかしたんですか?」グリドゥーは興味を抱いて尋ねた。

「あの娘《こ》を保護者のところへ送り届けたのに、こっちが迷い子になっちまったんだ」

「なんだ! そんなことですか」グリドゥーはほっとしたように言う。「通りを左へ曲ると、すぐ先きに地下鉄が見つかりますよ、ほらね、心配いりませんよ」

「そんな問題じゃないんだ。自分だよ、自分を、見失っちまったんだ」

「わかりませんね」またすこし心配になってグリドゥーは言う。

「なにか私に尋《き》いてみてくれ、尋いてみてくれ、いいね」

「でも尋いたってあんたは答えませんよ」

「そりゃひどい！　ほうれん草のことで答えたじゃないか」

　グリドゥーは頭を掻く。

「そりゃまあ……」

　だけど言葉がでなかった、すっかりまごついて。

「尋いてくれ」男はねばる。「尋いてくれ」

（沈黙）グリドゥーは目を伏せる。

　男が助け船を出す。

「たとえば私の名前を知りたいんじゃないか？」

「そう」グリドゥーは言う。「それがいい、あんたの名前は？」

「それが、わからんのだ」

　グリドゥーは振り仰ぐ。

「人が悪いね、あんたも」

「いや、ほんとにわからんのだ」

「どうして？」

「どうして？　つまり。覚えてないんだ」

（沈黙）

「馬鹿にしないでくださいよ」とグリドゥー。

「どうして？」

「どうして自分の名前を覚える必要があるんです？」

「じゃ」男は言う。「きみの名前は？」

「グリドゥーですよ」ついうからかとグリドゥーは答える。

「ほらみたまえ、きみはグリドゥーという自分の名前を覚えてるじゃないか」

「そういやそうだが」グリドゥーはつぶやく。

「私の場合いちばん弱るのは」男は続ける。「前に名前があったかどうかもおぼえてないことだ」

「名前が？」

「名前が」

「そんなバカなことが」グリドゥーは唖然としてつぶやく。

「バカな、バカなだって、こうなりゃ、そんなことが言っておれるかね？」

「するてえと、ぜんぜん名前がなかったというんですか？」

「そうらしい」

「それでこれまで困らなかったんですか？」

「たいしてね」

（沈黙）

「じゃ年は」だしぬけにグリドゥーは尋ねる。「まさか年まで覚えてないというんじゃないでしょうね？」

「おぼえてないね」男は答える。「ほんとにおぼえてないんだ」

グリドゥーは相手の面《つら》をまじまじ見つめる。

「だいたいの年は……」

が途中で止める。

「わからんな」つぶやく。

「そらみたまえ？　だから、職業をきかれて、私が答えなかったところで、悪気がないことをわかってくれたまえ」

「もちろんでさ」グリドゥーは不安になって同意する。

締まりのないエンジンのひびきが男を振り返らせた。古ぼけたタクシーが通り過ぎた、ガブリエルとザジを積んで。

「お出かけだな」男は言う。

グリドゥーは何も口をはさまなかった。もう一人にも出かけて欲しいところだ、この男にも。

「あとはお礼を言うだけだね」男はつづける。

「どういたしまして」

「ええと、地下鉄は？　あっちだったね（身振り）？」

「そう。あっちです」

「教えてもらって助かったよ」男は言う。「とくにスト中ときてはね」

「でも地図が参考になりますよ」グリドゥーは言う。

彼は靴底を力一杯叩きだす、そして男のほうは立ち去る。

8

「噫《ああ》、パリ！」ガブリエルはじっくり感動を味わいながら叫んだ。「ほら、ザジ」とつぜん遥か遠方の何かを指さしてつけ加える。「見たまえ!!　地下鉄だ!!!」

「地下鉄？」

ザジは眉をひそめる。

「高架さ、もちろん」ガブリエルは間のぬけた調子で言う。

ザジが不平を鳴らす前に、もういちど彼は叫ぶ。

「そして、あれは！　あそこ!!　ごらん!!!　合祀廟《パンテオン》だよ!!!!」

「ありゃ合祀廟《パンテオン》じゃないよ」シャルルが言う。「陸軍博物館さ」

「またはじめる気」とザジ。

「なんだって」ガブリエルは叫んだ。「あれが合祀廟《パンテオン》じゃないって？」

「そうとも、あれは陸軍博物館《アンヴァリイド》さ」シャルルが答える。

ガブリエルは彼のほうを振り向き、まともに顔をにらみつける。

「確かだね」問いただす。「ほんとに確かだね？」

シャルルは答えない。

「どうして確かだといえるんだ？」ガブリエルは喰いさがる。

「わかった」するとシャルルはわめき立てる。「ありゃ陸軍博物館じゃない、聖心寺院《サクレ・クール》だ」

「じゃお前さんは」ガブリエルは陽気に言う。「お前さんは聖陰唇《サクレ・コン》でもあらせられるかね？」

「いい年をして、ふざけないで」ザジが言う。「赤面しちゃうわ」

みんなはそこで黙ってパノラマを眺めた、つづいてザジは約三百メートル真下で起こっていることを調べた。

「そんなに高くはないわね」ザジは感想をもらす。

「それでも」シャルルが言う。「やっと人の見分けがつくくらいだ」

ここまで匂うよ」

「そうだね」鼻を鳴らして匂いを嗅ぎながらガブリエルが言う。「ほとんど見えんが、

「地下鉄の中ほどじゃないがね」シャルルが言う。

「乗ったこともねえくせに」とガブリエル。「そう言や、俺もだ」

この聞きづらい話題を避けたくて、ザジは伯父にむかって言う。

「眺めもしないで。見下ろしてごらんなさい、面白いわよ」

ガブリエルは深い底を覗き込もうとした。

「畜生」後退りしながら言う。「目がくらみそうだ」

額を拭い、芳香をまきちらす。

「俺は」とつけ加えた。「俺は降りるよ。君たちまだいる気なら、下で待ってるよ」

ザジとシャルルが引き止める前に彼は行ってしまった。

「二十年ぶりだよ、ここに昇るのは」シャルルが言う。「大勢案内はしたがね」

ザジは取り上げない。

「いつも憂鬱そうね」彼に言う。

「年はおいくつ？」

「いくつだと思うね？」

「そう、若くはないわね、三十」

「プラス十五さ」

「そのわりには老《ふ》けてないのね。ガブリエル伯父さんは？」

「三十二だよ」

「そう、彼のほうが、年をくって見えるわ」

「ぜったい言っちゃだめだよ、彼にはいちばんこたえることだからね」

「何故？　オカマをしているから？」

「何処で聞き込んだんだ、そんなこと？」

「あの男がそう言ったのよ、ガブリエル伯父さんに、あたしを連れ戻したあの男が。こんなふうに言ってたわ、あの男、そのために監獄にぶち込まれるかもしれないって、オカマのために。なんのこと？」

「でまかせさ」

「いいえ、本当にそう言ったわ」自分の言葉をひとつでも疑われたことで憤慨してザジは反撃する。

「そうじゃないよ俺が言いたかったのは。俺が言いたかったのは、ガブリエルについて、あの男の言ったことはでたらめだってことさ」

「彼がオカマだってこと？　でもどういう意味？　香水をつけてるってこと？」

「それ、それ。わかったね」

「監獄に入れられることないわ」

「むろんそうさ」

暫く二人は黙ってぼんやり聖心寺院《サクレ・クール》を見つめた。

「じゃあなたも？」ザジが尋《き》く。「そうなの、オカマなの？」

「同性愛者《ペダル》に見えるかい？」

「いいえ、だって運転手だもの」

「ほらね、わかっただろう」

「ちっともわからないわ」

「絵に描けとでもいうのかい」

「絵がお得意？」

シャルルは別の方向に向き直って、ゴーとバリュの合作、サント・クロチルド寺院の尖塔に見とれる、そして言い出す。

「降りようか？」

「ねえ」ザジは身動きもせずに尋ねる。「どうして独身なの？」

「成り行きさ」

「どうして結婚しないの？」

「気に入ったのが見つからなかったんだ」

ザジは感嘆の口笛を吹いた。

「カッコいい」と彼女。

「まあそんなとこさ。だけど聞くがね、君は大人になったとき、結婚したいような相手がわんさといると思うかね？」

「待って」とザジ。「なんの話？　男の相手、女の相手？」

「俺にとっちゃ女だし、君にとっちゃ男だよ」

「較べられないわ」とザジ。

「違いない」

「おかしな人ね、あなたって」ザジは言う。「あんまり自分の考えってないのね。それじゃくたびれるでしょう。だからしょっちゅう浮かん顔をしてるのね？」

シャルルは愛想笑いをする。

「じゃあたしは」ザジが言う。「あたしはお気に召して？」

「きみはまだ子供さ」

「十五で結婚する娘《こ》もいるわ、十四だって。そういう趣味の男だっているわ」

「じゃ俺は？　お気に召したかい？」

「もちろんだめ」ザジはあっさり答える。

この冷厳な真実をかみしめた後、シャルルはこんな文句で言葉をつぐ。

「君は変わってるよ、まったく、年のわりには」

「そうね、自分でもどうなってるんかと思うくらいよ」

「俺に言わそうたってだめさ」

「どうして言ったり言わなかったりするの？」

「言うべきことは言わなきゃ、わかってもらえんさ」

「じゃあなたは、わかってもらうためにいつも言うべきことを言ってる？」

「（身振り）」

「そうかといって無理やり言わされてばかりとも限らないでしょう、ほかのことだって言うはずよ」

「（身振り）」

「ねえ、答えてちょうだい！」

「いいかげんにしてくれ。質問にもならないね」

「どうして、質問よ。ただあなたに答えられない質問というだけよ」

「まだ俺は結婚する気がないんだろうね」シャルルは考え込んで言う。

「ああ！　でも」ザジはやり返す。「女の人はみなあたしみたいな質問をするとは限らないわ」

「女だって、笑わせちゃいかんね、女だって。君はまだ子供に過ぎんよ」

「まあ！　失礼、あたしもうちゃんと一人前の女よ」

「わかったよ。露骨な言葉はいかんよ」

「ちっとも露骨じゃないわ。これが人生よ」

「もっと清潔なものさ、人生は」

再び聖心寺院を、浮かぬ顔で、眺めながら、彼は口髭をしごく。

「人生のことは」ザジが言う。「あなたよくご存じね。職業柄《しょうばい》いろんな面白い人生が見られるでしょう」

「何処で聞き込むんだい、そんなこと？」

「『サンクティモントロン新聞』の日曜版で読んだわ、田舎にしてはとてもひらけた新聞よ、有名人の恋愛事件、星占い、なんでも載ってるわ、それに書いてあったわ、タクシーの運転手は情事の、あらゆる面を、あらゆる種類を目撃するって。ひどいのになると現物で支払う女客もいるんだって。そんなことよくあるの？」

「ああ！　もういい、もういい」

「それだけ、言えるのは、『もういい、もういい』だって。あなたコンプレックスのかたまりね」

「いい加減にしなさい」

「さあ、つべこべ言わないで、打ち明けてしまいなさいよ、あなたのコンプレックスを」

「どういう意味だい」

「女が怖いんでしょ、ねェ？」

「俺は降りるよ。眩暈《めまい》がするよ。こいつにあてられたせいじゃない（身振り）。お前さんみたいな小娘にあてられたからだ」

彼は立ち去る。しばらくしてもういちど海抜わずか数メートルのところに出現する。ガブリエルは、生気のない目つきで、待っていた、大きく開いた膝の上に両手を載せて。姪を連れていないシャルルを見つけると、彼は飛び上がる、そして顔は不安の土気色をおびる。

「まさかお前やったんじゃ」彼は叫ぶ。

「落ちりゃ音がするだろう」がっくり腰をおろしながらシャルルは答える。

「そうか、そんならいいが。だけどあの娘《こ》をおいてきぼりにしちゃ」

「出てくるところを拾やいいさ。飛び去りはしないよ」

「うん、だけどそれまでに、どんな厄介なことをやらかすか。（溜息）わかったもんじゃないね」

シャルルはなんとも答えない。

ガブリエルはそこで塔を見つめる、注意をこらして、長いこと、そして注釈する。

「どうしてパリの市《まち》は女に見立てられるのか不思議だね。こんな代物があるのに。こいつが建てられる前のことなら、わかるよ。だけど、今じゃ。スポーツをやりすぎて男に変わった女みたいなもんさ。新聞に出てたがね」

「(沈黙)」

「どうした、唖になったんか。どう思うね、お前さんは?」

シャルルはすると長い悲しげな嘶《いなな》きを発し、両手で頭をかかえて、呻く。

「こいつまで」呻きながら言う。「こいつまで……いつも同じ事ばかり……いつもセックスだ……いつも取り上げるのはそればかりだ……いつも……いつも……しょっちゅう……けがらわしい……腐りきった……それしか考えられんのだ」

ガブリエルはやさしく彼の肩をたたく。

「具合でも悪いんか」声をかける。「どうしたんだ?」

「お前の姪のせいだよ……あのズベ公……」

「おっと! まった」手を引っ込め空に向かって振り上げながらガブリエルは叫ぶ。

「姪は姪だ。言葉を慎しめ、でないとお前とこの婆さんのことでおつりがくるぜ」

シャルルは絶望の身振りをする、そして急に立ち上がる。

「じゃ」と言う。「俺は退散するよ。二度とあの小娘の面《つら》を見たくないね。さよなら」

そして彼は自分のタクシーのほうへ突進する。

ガブリエルは追いかける。

「俺たちはどうして戻りゃいいんだ?」

「地下鉄に乗るんだな」

「勝手な野郎だ」ガブリエルは追跡を諦めて唸る。

タクシーは遠ざかって行った。

突っ立ったまま、ガブリエルは瞑想にふけり、やがて芝居がかったセリフを口にする。

「在るか在らぬか、それが問題だ。登る、降る、行く、帰る、気ぜわしい動きの果てに人間は消滅する。タクシーが彼を連れ来たり、地下鉄が彼を運び去る、塔は気にもかけぬ、合祀廟も。パリは一場の夢に過ぎず、ガブリエルは(すばらしい)幻、ザジは夢の(それとも悪夢の)幻、そしてこの物語はすべて夢のまた夢、幻の幻、たかだか間抜けな小説家が(おっと! 失礼)タイプで打ちまくったうわごとにすぎない。彼方、共和国《レピュブリック》広場の先きには、——つい先きには——かつて生き、階段を昇り降りし、街路を往き来し、あくせく動き廻った果てに消滅したパリ人の墓が積み重なっている。鉗子が彼らを取り出し、霊柩車が彼らを運び去り、そして生々しい死体の遺骨が気苦労の滲み込んだ都市の腐植土の中で溶け去るよりも早く塔は錆びつき、合祀廟はひび割れる。だが私は生きている、そして私の知覚はここにとどまる、けだしメーター付き車で逃亡したタクシー気違い、また空中三百メートルにぶらさがった私の姪、また家庭に残った私の妻、優しいマルスリーヌについて、いま現在この場所で私はなにひとつ知りえない。私に知りうることは、ただひとつ、芝居のせりふじゃないが、この場に居合わさぬ以上、いまや彼らは死者も同然だ。ところで私を取りまくお人好し連の毛むくじゃらのどたま越しにいったい私にはなにが見えるか？」

観光客が彼をガイドの助手と間違えて周りに人垣をつくっていた。彼の視線の方向にみんなは一斉に頭を向ける。

「何を見てるんです？」フランス語のできるそのうちの一人が尋ねた。

「そう」もう一人があと押しする。「何か見えるんですか？」

「ほんとに」三人目がつけ加える。「何を見りゃいいんです？」

「何見る？」四人目が尋く。「何見る？　何見る？　何見る？」

「何見る？」ガブリエルは答える。「むろん（大袈裟な身振り）ザジさ、俺の姪御のザジさまが男根《ペニス》から出て、こちらへおこしあそばすところさ」

カメラがパチパチ音を立てた、次いでみんなは子供を通す。相手はくすくす笑う。

「どう、伯父さん？　景気は？」

「ごらんの通りさ」ガブリエルは満足げに答える。

ザジは肩をすくめ、人群を眺める。シャルルの姿が見当たらないので、それを指摘する。

「ずらかったよ」とガブリエル。

「どうして？」

「なんでもないよ」

「なんでもないなんて、答えにならないわ」

「そうだね、ただ帰っただけさ」

「理由《わけ》があったんでしょう」

「知ってるだろう、シャルルってやつは」(身振り)

「あたしに言いたくないのね？」

「聞かなくたってわかってるだろう」

観光客がひとり口出しする。

「Male bonas horas collocamus si non dicis isti puellae the reason why this man Charles went away」

「お前さんの」ガブリエルはやり返す。「出る幕じゃないよ。She knows why and she bothers me quite a lot」

「まあ！」ザジは叫ぶ。「まあ伯父さんたら東洋《ファー・イースト》の言葉も話せるのね」

「自然に口に出ちまったのさ」ガブリエルは慎ましく伏せ目になって答える。

「Most interesting」旅行者の一人が言う。

ザジは出発点に戻る。

「でもシャルルがずらかった理由の説明にはならないわ」

ガブリエルは苛立つ。

「きみが奴に理解できないようなことを言ったからさ。奴の年に向かないことをね」

「じゃあんたはガブリエル伯父さん、もしあたしがあんたに理解できないようなことを、あんたの年に向かないことを言ったら、どうなさる？」

「ためしてみたまえ」ガブリエルはおっかない調子で言う。

「例えば」ザジは冷酷に続ける。「もしこう尋いたら、あんたがオカマかどうか？わかる？　あんたの年向きかしら？」

「Most interesting」観光客の一人が言う（さっきと同じ人間）。

「かわいそうにシャルルのやつ」ガブリエルは溜息をつく。

「答えてよ、イエスか糞か」ザジは叫ぶ。「この言葉わかるんでしょう、オカマ？」

「もちろんさ」ガブリエルは怒鳴る。「絵に描けとでも言うのかい？」

群集は面白がってけしかけた。何人かが拍手した。

「描けたら立派よ」ザジはやり返す。

このときフェドール・バラノヴィッチ登場。

「さあさあ、急いで！」わめき立てる。「Schnell! Schnell! 観光バスに戻って、出ますよ」

「Where are we going now?」

「サント・シャペル寺院だよ」フェドール・バラノヴィッチが答える。「ゴチック芸術の珠玉。さあ急いで！ Schnell! Schnell!」

だが連中は急がない。ガブリエルとその姪につよく興味をひかれて。

「そら」絵を描こうとしない前者にむかって後者は言う。「描けないでしょう」

「いい加減にしなさい」と前者。

フェドール・バラノヴィッチは、信用して乗車したが、三、四人の薄のろしか従いてこないことに気がついた。

「どうなってるんだ」わめき立てる。「規律もなにもあったもんじゃない。なにをしてるんだ、いまいましい！」

クラクションを何度か鳴らした。誰も動こうとしない。ただひとり、道路の静寂を監視する警官が、こわい目付で彼をにらみつけただけだ。フェドール・バラノヴィッチはこの種の手合いとの口論には巻き込まれたくなかったので、座席から降り、連中を不服従に駆り立てるものの正体を見定めようと、自分の引率する団体のほうへ近づいた。

「やあガブリエラ嬢じゃないか」叫び声をあげた。「何してるんだ、こんなとこで？」

「言うな、言うな」この劇的なめぐりあいの光景に讃美者《ファン》たちが素朴に感動しているのに、ガブリエルのほうはやっきになって口どめする。

「まさか」フェドール・バラノヴィッチは続ける。「肉襦袢で『白鳥の死』をご披露しようってんじゃあるまいね？」

「言うなったら」ガブリエルは言葉に窮してもういちど同じことを繰り返す。

「で、このガキは何者だい、お前さんの連れかい？　何処で拾ってきたんだ？」

「俺の姪だよ、失礼な言い方はやめろ、たとえ子供だろうと」

「このひと、誰？」ザジが尋ねる。

「仲間さ」とガブリエル。「フェドール・バラノヴィッチだよ」

「ほら」ガブリエルに向かってフェドール・バラノヴィッチは言う。「俺はもう夜働きはやめたよ。一階級昇進さ。この間抜けどもをサント・シャペル寺院へ引っぱってくところさ」

「家まで送ってもらえんかね。乗り物がみんなストで、お手あげさ。タクシー一台見当たらなくてね」

「まだ帰らないわ」とザジ。

「とにかく」とフェドール・バラノヴィッチ。「閉まるまでに先ずサント・シャペル寺院へ寄らなくちゃ。それからなら」ガブリエルのために つけ加える。「家まで送っていいよ」

「で面白いとこかい、サント・シャペル寺院ってのは？」ガブリエルが尋ねる。

「サント・シャペル！　サント・シャペル！」観光団の騒ぎようはすさまじい、そしてそれを連発した連中と、その観光団の騒ぎは、ガブリエルをいや応なしにバスのほうへ曳きずっていく。

「えらく気に入られたものだよ」フェドール・バラノヴィッチは自分と同じく後に取り残されたザジに向かって言う。

「でも」とザジ。「あたしまであの間抜けどもに攫《さら》われると思ったら間違いよ」

「俺は」フェドール・バラノヴィッチは言う。「関係ないさ」

そしてもういちどハンドルとマイクの前に登り、すぐさまあとのほうの道具を使って、

「さあさあ急いで！」陽気にラウド・スピークする。「Schnell! Schnell!」

ガブリエルの讃美者《ファン》たちはもう彼を居心地のよい座席に坐らせ、精密な機械を用いて、逆光の効果を活かして彼のポートレートを撮ろうと光度を測っていた。この大もてぶりににやにさがりながらも、彼は姪の身の上を気づかっていた。

フェドール・バラノヴィッチから彼女が従いてくるのを拒んでいると聞くと、ガブ

リエルは外人かぶれたちの呪縛の円陣から脱出し、もういちど車から降り、ザジに躍りかかって腕をつかまえ、車のほうへ曳きずった。

カメラがパチパチ音を立てた。

「やめてよ」ザジは怒りで狂った金切り声を上げる。

だが彼女もやはり重いタイヤのついた車でサント・シャペル寺院のほうへ運び去られる。

9

「窓を開けやがれ、この頓馬《とんま》ども」フェドール・バラノヴィッチは言う。「右に見えるのがドルセー駅だ。建物としちゃてえしたことはねえが、サント・シャペル寺院の代りにこれでご辛抱願うんだな。ストのおかげの混雑で、この調子じゃもう間に合いそうにねえからな」

満場一致かつ完璧な理解不足から、旅行者たちはぽかんと口をあいたままだ。中でもひときわ熱心な連中はおまけに拡声器の唸り声にはまったく注意を払っていなかった。座席の上にうしろ向きに這い上がり、ガイド長ガブリエルに見とれている。彼は連中に微笑みかける。すると、彼らは待ち受ける。

「サント・シャペル寺院」口々に廻らぬ舌で言う。「サント・シャペル寺院……」

「わかった、わかった」愛想よくガブリエルは言う。「サント・シャペル寺院（沈黙）（身振り）。ゴチック芸術の珠玉（身振り）（沈黙）」

「みっともない、およしなさい」ザジが辛辣に言う。

「続けろ、続けろ」子供の声を遮って旅行者たちは叫ぶ。「聞きたい、聞きたい」

外国語短期独習書仕込み《ベルリッツ・スクール》のたどたどしい言葉でつけ加える。

「ほっときなさいよ」とザジ。

ズボンの生地の上から、爪の間に、彼の肉切れを挾み、思いきりつねる。痛みがあまりに激しかったのでガブリエルの頬に沿って大粒の涙が零《こぼ》れた。旅行者たちは、世界漫遊の豊富な経験にもかかわらず、まだガイドが泣くのに出くわしたことはなかったので、心配になった。この奇妙な振舞を分析し、ある者は演繹的方法に、他の者は帰納的方法に従って、チップが必要であると結論した。募金がおこなわれ、気の毒な男の膝の上に置かれた。男の顔は再びにこやかになった、ただし感謝の気持からというよりもむしろ痛みが止んだためだ、金額のほうはそれほど大きくはなかったから。

「どうもみなさんご心配かけました」はにかんで彼は旅行者たちに向かって言う。

かなりフランス語のできる一人の女がみんなの意見を代表する。

「サント・シャペル寺院は？」

「わかった、わかった」と答えて、ガブリエルは大げさな身振りをする。

「話すわよ」外国語のできるその婦人は仲間に生国の言葉で告げる。

何人かは、元気づいて、言葉と身振りをなにひとつ取り逃すまいと座席の上によじ登る。ガブリエルは気持をしずめるために咳払いした。ところがザジがまたはじめる。

「あ痛ッ！《アウィー》」ガブリエルははっきり言った。

「お気の毒に」婦人は叫ぶ。

「このガキめ」腿をさすりながらガブリエルは呟く。

「あたしは」彼の耳へ口を寄せてザジは囁く。「次の赤信号のときに逃げ出すわ。だから、伯父さんも、適当にやってよ」

「でもあとは、どうやって帰るんだ？」ガブリエルは呻きながら言う。

「あたしは帰りたくないって言ってるでしょ」

「だけど連中は従《つ》いてくるよ……」

「もし降りないんなら」ザジは狂暴に言う。「伯父さんがオカマだってことをばらしてやるから」

「だいいち」ガブリエルは落ち着きはらって言う。「事実じゃないよ、それに、連中にはなんのことかわからんさ」

「じゃ、事実でないなら、どうしてあの痴漢は面と向かってそう言ったの？」

「まってくれ（身振り）。痴漢だって証拠はどこにもないよ」

「いいわ、なにが必要なの？」

「なにが必要だって？　事実さ！」

そして悟りをひらいたような顔つきでもういちど大げさな仕草をしてみせる、それは旅行者たちをいたく感動させる。語彙《ごい》の難解さが異国情緒的連想につながるこの会話の神秘性に彼らは魅せられたのだ。

「それにまた」ガブリエルはつけ加える。「奴を連れてきたとき、きみは警官《ポリ》だと言って教えたじゃないか」

「そうよ、でも今は痴漢だったと言ってるのよ。どうせ、なんのことかわからないでしょうけど」

「おっと、待ってくれ（身振り）、なんのことかくらい解ってるよ」

「なんのことか解るの？」

「もちろんさ」心外だと言わんばかりにガブリエルは答える。「何度もそういう奴らを撃退するのに苦労したもんさ。驚いたかね？」

ザジは吹きだす。

「ちっとも驚きませんわ」フランス語を話す婦人が口を出した。セックスが問題になっていることを漠然と理解したのだ。「おお！　ぜんぜん‼　ちっとも‼!」

そして彼女は大男を一種悩まし気な様子で見つめる。

ガブリエルは赤面し、ズボンの前がちゃんと閉まっていることを指先でそっと素速く確かめてから、ネクタイの結び目を締め直す。

「ほんと」存分に笑い終わってからザジは言う。「さすがはあたしの伯父さんだわ。で、ずらかるの？」

もう一度きつく彼をつねった。ガブリエルはアウイーと叫びながらちょっと跳び上がった。むろん相手に、その小娘に歯の二、三本も吹っ飛ばすほどの平手打ちを喰らわせることもできただろう、だけど彼の讃美者《ファン》たちがどう言うだろう？　子供いじめの、うとましい、ひとに嫌われる印象を残すよりも、連中の視界から消え去るほうを選んだ。途がつかえたのをしおに、ガブリエルは、ザジを従え、悠々と車から降りた、あっけに取られた旅行者たちにいわくあり気な目くばせを、彼らを欺くための偽善的操作をおこないながら。案のじょう、旅行者たちが適当な手を打つ前に車は発車してしまった。フェドール・バラノヴィッチにとっては、ガブリエルの都合などどうでもよく、博物館の守衛が呑みに出かける時間までに、自分の仔羊たちを希望の場所に連れていくことしか念頭になかったからだ、このような予定の断絶は取り返しがつかない、というのは翌日旅行者たちは古い胸壁のあるジブラルタルへ向け出発することになっていたからだ。それが連中の旅程だった。

彼らが遠ざかるのを見送ってから、ザジはくすくす笑い、つぎに、さっそくおぼえた習慣から、ズボンの生地ごしに伯父の腿の肉をひと切れ爪の間につまみ、螺旋状に動かす。

「よさんか」ガブリエルは怒鳴る。「つまらん冗談は。くそ面白くもない、まだわからんのか？」

「ガブリエル伯父さん」ザジはおだやかに言う。「早く教えてよ、オカマなのか、そうでないのか、まずそれから。その次に、さっきまくし立てたあんなすばらしい東洋の言葉をどこで仕入れたか？　ねえ、どうなの」

「しつこいね、子供のくせに」ガブリエルはぐったりした様子で言う。

「ねえ、どうなの」そして彼女は彼の踝をしたたか蹴りつける。

ガブリエルは顔をしかめて片足で跳び始めた。

「ウィーユ」言う。「ウィーユ、ラ、ラ、アウイ」

「どうなの」ザジが言う。

あたりをうろついていた一人の中年婦人が子供に近づいて、こんなふうに声をかけた。

「ねェ、ちょっと、お嬢ちゃん、痛がってるのがわからないんですか。大人をいじめるもんじゃありませんよ」

「大人、けつ喰らえ」ザジはやり返す。「あたしの質問に答えてくれないからよ」

「そんな理屈は通りませんよ。暴力は、お嬢ちゃん、人間同士のつき合いでは、たとえどんな場合でも避けるべきです。いちばんいけないことです」

「いけない、けつ喰らえ」ザジはやり返す。「あんたに何時《なんじ》か尋《き》いたおぼえはないわよ」

「十六時十五分よ」婦人はやり返す。

「この娘《こ》のことはほっといてもらいましょう」ベンチに腰をおろしてガブリエルは言う。

「あなたも、教育者として落第みたいね」婦人が言う。

「教育者けつ喰らえ」ザジが口をはさむ。

「その証拠に、この娘《こ》の口のきき方はどう（身振り）、ひどいったらありゃしない」はげしい嫌悪の徴候をむき出しにして婦人は言う。

「自分の尻《けつ》のことでもかまうんだね」とガブリエル。「俺は俺流の教育でいくよ」

「どんな？」自分の尻《けつ》をベンチの上にガブリエルのわきにおろしながら婦人は尋ねる。

「先ず、第一に、理解することとさ」

ザジはガブリエルのもう一方の側に坐り、ちょっぴり彼をつねる。

「ねえ、さっきの質問は？」甘えるように尋ねる。「そっちは答えてくれないの？」

「この娘《こ》をセーヌ川にほうりこむわけにもいかんでしょう」腿をさすりながらガブリエルは呟く。

「せいぜい理解することね」中流婦人はとっておきの魅惑的な微笑を浮かべて言う。

ザジは身を乗り出して、彼女に言う。

「伯父さんを口説くのはいい加減にしてよ。奥さんがいるんだから」

「お嬢さん、未亡人に向かってそんな言い方は失礼でしょう」

「逃げ出したいよ」ガブリエルは呟く。

「その前に答えてよ」とザジ。

ガブリエルは完璧な無関心を装って青空を見上げる。

「答えたくないみたいよ」未亡人を名乗る女性が客観的に指摘する。

「答えさせてみせるわ」

そう言ってザジは彼をつねりかける振りをする。伯父は触れられるより前に跳び上がる。女性陣は二人とも大いに痛快がる。年嵩のほうが、ゲラゲラ笑いを鎮めて、こんなふうに問いかける。

「であんたこの人に何を言わせたいの？」

「彼がオカマかどうかよ」

「この人が？」中流婦人は尋ねる（間《ま》）。「疑いなしだわ」

「疑いなしだと、何がだ？」ガブリエルがこわい声で尋ねる。

「あなたがその一人だってことよ」

自分の言ったことがあんまりおかしくて彼女はくすくす笑う。

「違うったら違うんだ」そう言ってガブリエルは彼女の背中を小突き、ハンドバッグを落っことさせる。

「あなたとは話もできませんわ」アスファルトの上に散らかった様々な品物を拾いながら未亡人は言う。

「女に親切じゃないのね」とザジ。

「それに子供の質問に答えもしないで、教育者が聞いてあきれるわ」もういちど彼の傍に坐りに来て未亡人はつけ加える。

「もっと理解しなくちゃ」ザジが勿体ぶった口調でつけ加える。

ガブリエルは歯軋《はぎし》りする。

「さあ、おっしゃいよ、そうなのか、そうでないのか」

「違う、違う、違う」ガブリエルは断固として答えた。

「ホモは皆そう言うわ」ちっとも納得いかない様子で婦人は指摘する。

「要するに」ザジが言う。「どういうものか知りたいだけよ」

「何のこと？」

「オカマがどういうものか」

「知らないの？」

「見当はつくけど、本人の口から聞きたいの」

「でどう見当がつくの？」

「伯父さん、ちょっとハンカチを出してみてよ」

ガブリエルは、溜息をついて、言いなりになる。道路全体が匂った。

「わかった？」ザジはしたり顔で未亡人に尋ねる。相手は小声で指摘する。

「フィオールのバルブーズね」

「その通り」ハンカチをポケットに戻しながらガブリエルは言う。「男物の香水でさ」

「その通り」未亡人が言う。

そしてザジに、

「あなたまるで何ンにも解ってないじゃないの」

ザジは、ひどく傷ついて、ガブリエルのほうに向き直る。

「じゃ何故あの男は伯父さんのことをそうだと言ったの？」

「どの男？」婦人が尋ねる。

「お前のことも客引きだと言ったじゃないか」ガブリエルはザジを目当てにやり返す。

「どういう客？」婦人が尋ねる。

「アウイ」ガブリエルは叫ぶ。

「あんまりやりすぎないで、お嬢ちゃん」婦人はわざとらしく寛大に言う。

「お節介はよしてよ」

そしてザジはもういちどガブリエルをつねった。

「なにが可愛いもんか、子供なんて」殉教に服しながらガブリエルはうわの空で呟く。

「子供が好きでなくて」中流婦人は言う。「よく教育が引き受けられたものね」

「それには」ガブリエルは答える。「訳がありましてね」

「それを話してくださいな」と婦人。

「必要ないわ」とザジ。「あたしは知ってるから」

「でもわたしは」と未亡人。「わたしは知らないわ」

「そんなこと、関係ないわ。どうなの伯父さん、さっきの答えは？」

「違うと言ったら、こんりんざい違うね」

「しつこいのね、この娘《こ》は」はじめて気づいたみたいに未亡人は指摘する。

「騾馬《らば》みたいに強情な娘だ」ガブリエルはしんみり言う。

婦人はついで前回にも劣らず正鵠《せいこく》を射た指摘をする。

「あんまりご存じないみたいね、この娘のことは、目下その素質を発見ちゅうってとこ」

素質という言葉を彼女は引用符の中に転がす。

「素質けつ喰らえ」ザジが呟く。

「なかなかお目が高いね」ガブリエルは言う。「じつは昨日からこのやっかい者を背負い込んだばかりでね」

「なるほど」

「なにがなるほどなの？」ザジが辛辣に尋ねる。

「わかりゃせんさ」肩をすくめてガブリエルが言う。

このかなり軽蔑的な挿入句を無視して、未亡人はつけ加える。

「この娘《こ》は、あなたの姪御？」

「そう」ガブリエルは答える。

「そしてこの男《ひと》は、あたしの伯母さん（「男色家」の意味でも使う）」この冗談が自分ではけっこう新鮮なつもりでザジはつけ加える。稚い齢を考えれば叱るわけにもいかない。

「ハロー！」タクシーから降りてきた連中が叫ぶ。

旅行者のなかでもとくに惚れ込んだ連中が、フランス語のできる婦人を先頭に立て、衝撃《ショック》から立ち直ったあと、ルテシア（パリの古名）の迷路と混雑の岩漿を突き抜けて彼らの名ガイドを追跡し、運よくつかまえることに成功したのだ。彼らは非常な喜びを表明した、ちっとも怒ってはいなかったばかりか、怒るべき理由があることすら感づいていなかったからだ。〈万歳《モン・ジョウ》、サント・シャペル！〉の歓声と共に、彼らはガブリエルをつかまえ、自分たちの車まで引きずって行き、馴れた手つきで中へ押し込み、彼らのお気に入りの建物をすっかり案内し終わるまで彼を逃がさないために、四方八方から取り巻いた。ザジを一緒に連れて行くことなど考えつきもしなかった。タクシーが出発《スタート》するときフランス語を話せる婦人が彼女のほうに思わせぶりな別れの合図を送っただけだった、いっぽうもう一人、むろんフランス語では負けないが未亡人である婦人のほうは、地団太を踏んでわめき立てた。辺りに居合わせた善男善女はそれほど耳鳴りに曝されない位置まで退散するのだった。

「そんなに吠えると」ザジが叱りつけた。「警官《ポリ》が来るわよ」

「バカね」未亡人はやり返す。「そのために叫んでるのよ。ガイド攫《さら》い、ガイドさらい」

ご婦人のかなきり声で知らされて、とうとう一人のポリ公が目の前に現われた。

「なにかあったんですか？」尋ねる。

「お呼びじゃないわよ」とザジ。

「でもこの騒ぎはほっとけませんよ」警官《ポリ》が言う。

「男のひとが誘拐されたんです」息を弾ませて婦人は告げた。「おまけにハンサムな男なの」

「畜生」欲情を刺激されてポリ公は呟く。

「あたしの伯母さんなの」とザジ。

「それで男のほうは？」ポリが尋ねる。

「それがあたしの伯母さんなのよ、鈍いのね」

「それじゃこの女《ひと》は？」

未亡人を指差す。

「このひと？　何でもないわよ」

情況の匂いをかぐために警官は口をとじる。婦人は、ザジの批評で発奮して、即座に大胆な計画を思いついた。

「人さらいを追跡するのよ」言いだす。「そしてサント・シャペル寺院で彼を救い出すのよ」

「相当な道のりですよ」巡査が億劫に指摘する。「私はマラソン選手じゃないんでね」

「まさかタクシーを拾って、わたしに代金を払えってんじゃないでしょうね、このわたしに」

「ほんと」しまり屋のザジが言う。「この女《ひと》案外かしこいのね」

「ありがとう」未亡人はニコニコ顔で言う。

「どう致しまして」ザジはやり返す。

「とにかくご好意は」未亡人は言い張る。

「めっそうもございません」ザジが謙遜して言う。

「いつまでペコペコ頭を下げ合ってるんです」ポリ公が言う。

「あなたになにも頼んじゃいませんよ」と婦人。

「だから女には弱るんだ」巡査は悲鳴を上げる。「よくも言えたもんだ、何も頼んでないって？　あんたたちは私に駆けっこしろと頼んだだけさ、そうとも。こいつが何でもないというんなら、私にゃもうさっぱり何にも解らんね」

郷愁的な面持ちでつけ加える。

「もう言葉は昔の意味じゃ通用しないんだ」

そして靴のつま先きを見つめながら溜息をつく。

「そんなことであたしの伯父さんは戻らないわよ」ザジが言う。「またあたしのほうから蒸発したって言われるでしょうけど、嘘よ」

「心配しないで、お嬢ちゃん」未亡人が言う。「わたしが行ってあなたの誠意と無実を証明してあげるから」

「本当なら、無実なら」巡査が口だしする。「誰のたすけもいらんさ」

「嫌な奴」ザジはやり返す。「あんたたちのやり方は分ってるわよ。みんな変わりないのね」

「経験があるの、かわいそうに？」

「もちろんよ、小母さん」思わせぶりにザジは答える。「だってママはパパの頭を斧でたたき割ったんだもの。だからそのあとポリ公とは、さんざん付き合いさせられたわ」

「やれ、やれ」と巡査。

「まだましよ、ポリ公は」とザジ。

「裁判官にくらべたら。あの連中ときたら……」

「ろくでなしばかりだ」巡査が公平に言う。

「そうよ、刑事《デカ》も裁判官も」ザジが言う。「みんなキリキリ舞いさせてやったわ。こんなふうに（身振り）」

未亡人は感心して彼女に見ほれる。

「すると私も」巡査が言う。「そうなるわけかね？」

彼をザジはジロジロ見つめる。

「あんたは」言い出す。「あんたの顔はどこかで見たような気がするわ」

「そいつは驚きだね」と警官。

「どうして？　どこかであんたを見かけたら、そんなに不思議？」

「たしかに」未亡人は言う。「この娘《こ》の言う通りよ」

「ありがとう、小母さん」とザジ。

「どう致しまして」

「いいえ、いいえ」

「二人寄って私をバカにしとる」巡査は呟く。

「それで？」未亡人が言う。「それだけ、あなたに出来ることは？　ちょっとは動いたら」

「あたし」ザジが言う。「たしかにどっかでこのひとを見たわ」

ところが今度は突然未亡人は警官に見とれだす。

「腕前を見せてくださいな」その言葉に催淫剤兼興奮剤的秋波を添えて警官に向かって彼女は言う。「あなたくらいハンサムなお巡りさんなら、いろいろ手管はご存じでしょう。もちろん、合法的な範囲で」

「能なしよ」とザジ。

「そんなことなくてよ」婦人は言い返す。「はげまさなきゃ。理解しなきゃ」

そしてまたもや潤《うる》んだ熱っぽい目つきで男を見つめる。

「待ってなさい」FBIは急に張りきり出して、言う。「まあ見てなさい。まあ見てなさい、トルースカイヨンの腕前をお目にかけよう」

「妙ちきりんな名前ね」ザジがはしゃいで叫ぶ。

「あの、わたしは」未亡人はほんのり頬を染めて言う。「ムアックと申しますの。ありふれた名前ですわ」

## 10

電車とバスのストのせいで、通りは様々な乗り物で普段よりも込み合っていた、いっぽう、歩道に沿っては、疲れたあるいは苛立った男女の歩行者が、ヒッチハイクを試みていた、難儀な情況が持てる連中のあいだに目醒ませるにちがいない異例の連帯性の上に成功の望みを託しながら。

トルースカイヨンもやはり道路のわきに陣取り、ポケットから呼子を取り出し、けたたましい音を立てた。

やって来る車はそのまま走り去っていく。自転車の連中は陽気な喚声をあげ、素知らぬ顔で、目的地を目指して去ってしまう。オートバイは爆音をひときわ高く響かせただけで、まったく止まろうともしなかった。むろんトルースカイヨンの目当てはこういったものではない。

いっとき空白が生じた。著しい停滞がどこかで完全に交通を麻痺させたに違いなかった。やがて、一台だけポツンとだが、いたってありふれたセダン車が現われた。トルースカイヨンは鳩笛を吹いた。今度は、ブレーキがかかった。

「どうだてんだ？」近づいたトルースカイヨンに運転手は挑戦的に尋ねる。「文句があるのかね。交通法規は心得てるよ、ちゃんと。違反なんかしてねえぞ。証明書は揃ってるよ。いってえどうだってんだ？　罪もねえ人間にうだうだ言わねえで、地下鉄でも動かしにいったらどうなんだ。いい加減にしてくれ。ええ、とっとと消え失せろ」

男は行ってしまった。

「万歳、トルースカイヨン」離れた所からくそ真面目な様子でザジがはやし立てる。

「そんなに恥をかかせるものじゃなくてよ」ムアック未亡人が言う。「やる気をなくしちゃうわよ」

「思ったとおりの間抜けよ」

「ハンサムだと思わない？」

「さっきまで」ザジは手厳しく言う。「伯父さんにいかれてたんじゃない。いったい何人《なんにん》ご入用なの？」

甲高く響き渡る音が再びトルースカイヨンの武勲に彼女らの注意を引きつける。それはものの数に入らなかった。交通停滞が何処かで解消したにちがいなく、警官の前で車が一滴一滴流れだした、しかし彼の小さな呼子は誰の耳にもとまらない様子だった。やがて再び、流れは稀薄になり、凝結が再び某所で発生したにちがいなかった。しごくありふれたセダン車が登場する。トルースカイヨンは鳩笛を鳴らした。車は止まった。

「どうだてんだ?」近づいたトルースカイヨンに運転者は挑戦的に尋ねる。「文句があるのかね。運転免許は持ってるよ、ちゃんと。違反なんかしてねェぞ。証明書は揃ってるよ。いってえどうだってんだ? 罪もねえ人間にうだうだ言わねえで、地下鉄でも動かしに行ったらどうなんだ。いい加減にしてくれ。ええっ、とっとと消え失せろ。おカマでも掘られてきな」

「おお!」憤慨してトルースカイヨンはうなる。

が男は行ってしまった。

「万歳、トルースカイヨン」有頂天になってザジははやし立てる。

「彼ますます気に入ったわ」ムアック未亡人が小声で言う。

「この女《ひと》だいぶイカれてるわね」同じ口調でザジは言う。

トルースカイヨンは、うんざりして、制服と彼の呼子の効果を疑いだした。その物件を揺すぶって中に注ぎ込んだ唾液をすっかり乾かそうとしている最中だった、するといたってありふれた一台のセダン車が自分から彼の前にやって来て停車した。車体から一つの頭がとび出し、次のような頼もしい言葉を口にする。

「ちょっと、お巡りの旦那、いちばん近道を教えてくれませんか、サント・シャペル寺院へ行きたいんで、例のゴチック建築の珠玉ってやつでさ？」

「そうだな」ついうっかりトルースカイヨンは答える。「ええと。先ず、左に曲ってと、次にすぐ右に折れて、それから小さな広場に着いたら、三つめの通りを右に入り、つづいて二つめを左に、さらに少し右に行き、三度左へ曲り、最後に真っ直ぐ五十五メートル進むんだ。もちろん、一方通行のところもあるから、そう簡単にはいかんだろうがね」

「とうてい行けそうにありませんや」運転者は、言う。「サン・モントロンからわざわざ見に来たってのに」

「そう悲観しなさんな」トルースカイヨンは言う。「なんなら私が案内しようか？」

「旦那は仕事がおありでしょう」

「いいんだ。なにもすることはないさ。このお二人も一緒に運んでもらえんかね（身振り）」

「ああいいとも。閉《し》まる時間までに着けさえすりゃ」

「ほんとに」離れたところから未亡人が言う。「あの人とうとう貸馬車を徴発したみたいだわ」

「見なおしたわ」ザジが客観的に言う。

トルースカイヨンは彼女たちのほうに駆けつけ、ぞんざいに言う。

「さあ急いだ！　奴が積んでくれる」

「行きましょう」とムアック未亡人。

「ガイド攫《さら》いを追跡！」

「そうだ、そいつを忘れてた」とトルースカイヨン。

「このお人好しには言わないほうがいいわ」駆け引き上手な未亡人が言う。

「じゃ」ザジは尋ねる。「あの教会まで連れてってくれるのね？」

「とにかく急いだ！」

それぞれザジの片腕をかかえトルースカイヨンとムアック未亡人はしごくありふれたセダン車にむかって突進し、その中へ彼女を投げ込む。

「やめてよこんな扱い」憤慨してザジは喚き立てる。

「あんたたちまるで人さらいみたいだな」サンクティモントロンの男が冗談めかして言う。

「見かけはね」彼の傍に坐りながらトルースカイヨンは答える。「閉まるまでに着こうと思えば行けるさ」

スタートした。進行を助けるために、トルースカイヨンは外に身を乗り出し、必死になって笛を吹き鳴らす。それでもいくらか効果があった。田舎者は大はしゃぎだ。

「今度は、左へまがるんだ」トルースカイヨンは指図する。

ザジはお冠だ。

「じゃ」彼女にむかってムアック未亡人は偽善的な調子で言う。「伯父さんに会えて嬉しくないの？」

「伯父さんけつ喰らえ」ザジはやり返す。

「おや」運転者は言う。「ジャンヌ・ラロシェールの娘じゃねえか。わからなかったよ、男の子みてえな恰好《なり》をしてるんでね」

「この娘《こ》を知ってるの？」ムアック未亡人が興味なさそうに尋ねる。

「むろんでさ」と男。

そして識別を完璧にするために後ろを振り返る、途端に先行する車に追突する。

「畜生」とトルースカイヨン。

「たしかにこの娘《こ》だ」とサンクティモントロンの男。

「あたし、あんたなんか識《し》らないわ」とザジ。

「やい、運転もできねえのか」突き当たられたほうが座席から下り、突き当たったほうと罵詈雑言をやり取りしにやって来て言う。「なんだ！　道理で……田舎っぺか……こんな目まぐるしい市《まち》ん中でモタモタしねえで鵞鳥か牛の守りでもしてるんだな」

「ねえ」ムアック未亡人が言う。「お説教をうかがってたんじゃ間に合わなくなりますわ。私たち特別任務を授かってるんです！　かどわかされた男を救いに行くとこなの」

「なに、何だって？」サンクティモントロンの男は言う。「俺はおりるよ。カウボーイごっこをしにパリへ来たんじゃねェ」

「おい、そこのお巡《まわ》りさん」もう一人の運転者がトルースカイヨンに向かって言う。「ボヤボヤしてないで調書をたのむ」

「心配いらん」その男にトルースカイヨンは答える。「調べは、ちゃんとついとる。私にまかせろ」

そして警官を真似て角の取れた古びた手帳に何やら走り書きする。

「車検証は？」

トルースカイヨンは調べるような振りをする。

「外交官旅券じゃないね？」

「（残念そうに否定）」

「よろしい」とトルースカイヨン。「行きたまえ」

突き当たられたほうは、首をひねりながら、自分の車に戻り、もういちどスタートする。がサンクティモントロンの男のほうは、動かない。

「さあ！」とムアック未亡人。「なにをぐずぐずしてるの？」

背後で、クラクションが喘いだ。

「カウボーイごっこはご免だと言ったろう。流れ弾でいちころさ」

「あたしの故里には」とザジ。「こんないくじなしはいないわよ」

「そらおいでなすった」と男。「お前さんは有名だよ。いつも喧嘩の火つけ役だ」

「けしからんわ」とザジ。「名誉毀損よ」

クラクションはますます強く喚き立てる。文字どおり雷鳴。

「さあスタートするんだ！」トルースカイヨンが叫ぶ。

「命が惜しいよ」サンクティモントロンの男はにべもなく言う。

「心配しなくていいの」またもや駆け引きを弄してムアック未亡人が言う。「危くなんかないわ。ただの遊戯よ」

男はもう少し詳しくおばちゃんの風体を見ようと振り返る。その調査は彼を信頼の方向に傾ける。

「約束しますね？」尋ねる。

「だから言ってるでしょう」

「政治がからんじゃいねえでしょうな、ゴタゴタに巻き込まれるのはごめんですよ」

「違うわ、ただの遊戯よ、請け合うわ」

「じゃ行きましょう」やはりまだすっかり安心できない面持ちで男は言う。

「あたしのことを識ってるんなら」とザジ。「ママを、ひょっとして見かけなかった？　パリにきてるのよママも」

まだほんの数区域しか走り終わらないうちに近くの教会の鐘楼で四時が鳴った。教会といってもネオ・クラシック様式の教会だ。

「駄目だ」サンクティモントロンの男が言う。

もう一度彼はブレーキをかけた、それは彼の背後に高らかな警笛の新たな爆発を惹き起こす。

「無駄だ」彼はつけ加える。「もう閉まっちゃうよ」

「だからもっと急がなくちゃ」合理的かつ戦略的なムアック未亡人は言う。「人質を奪い返せるかどうかの瀬戸際なのよ」

「俺には関係ないね」男は答える。

しかし後ろでクラクションがあまりにはげしくがなり立てるので彼はもういちど動き出さないわけにはいかない、いわば止められた連中の一致した焦りによってかき立てられた空気の震動によって前方に押し出されたような恰好で。

「さあ」トルースカイヨンが言う。「仏頂面はひっこめて。もうすぐだ。これであんたも国へ帰って自慢話ができるというものだ。あれは、サント・シャペル寺院は、見れなくても、とにかく近くまで行ったとね。だけどここでストップしたんじゃ……」

「彼、案外弁が立つのね」警官の演説についてザジが客観的に指摘する。

「ますます好きになったわ」誰にも聞こえないほどの低い声でムアック未亡人は言う。

「どうなの、ママのことは？」もう一度ザジは男に尋ねる。「あたしのことを識ってるのなら、ひょっとしてママを見かけなかった？」

「なんてこった」サンクティモントロンの男は言う。「まったくついてないね。これだけたくさん車がある中で、ドンピシャリあんたたちが俺のを選ぶなんて」

「偶然そうなっただけさ」とトルースカイヨン。「私だって、例えば、知らない街にきたときは、やっぱり道を尋《き》くからね」

「そりゃそうだ」とサンクティモントロンの男。「でもサント・シャペル寺院なら？」

「参ったね」この簡単な省略語法の中で、譬《たとえ》の袋小路を大げさに利用して、トルースカイヨンは答える。

「わかりましたよ」とサンクティモントロンの男。「行きますすよ」

「誘拐犯を追跡」ムアック未亡人が叫ぶ。

そしてトルースカイヨンは、車から頭を突き出し、邪魔物を退かせるために、呼子を吹く。たいしてスピードは出せずに前進する。

「こんなの」ザジが言いだす。「つまんないわ。あたしが乗りたいのは地下鉄だけよ」

「一度も乗ったことないわ」未亡人が言う。

「なにさお上品ぶって」ザジがやり返す。

「おなじ乗るんなら……」

「さっきはタクシー代も払えなかったくせに」

「だって払うまでもないもの。その証拠にほらこの通りよ」

「快速だ」同意を求めるために乗客のほうを振り返りながらトルースカイヨンは言う。

「ほーんと」ムアック未亡人がうっとりして言う。

「たいそうに言わないで」とザジ。「着くころには、伯父さんはとっくにずらかってるわよ」

「これでも精一杯さ」サンクティモントロンの男が言う。次に風向きを変えて大声で話しかける。「ああ！　早くサン・モントロンにも地下鉄がほしいね！　なあ、お嬢ちゃん？」

「やめてよ」とザジ。「でたらめもいいとこね。あんな田舎に地下鉄ができるわけないでしょう」

「いずれそうなるさ」と男。「世の中が進めばね。いたるところ地下鉄が通うさ。とびきり素晴らしいやつが。地下鉄とヘリコプター、これが都会の交通の未来像さ。マルセイユまで往きは地下鉄、帰りはヘリコプター」

「逆じゃだめなの?」ムアック未亡人が尋ねる、生れつつある恋愛感情は生れついた理屈っぽさをまだ完全に鈍らせるところまで到っていなかったのだ。

「逆じゃだめかって?」鸚鵡《おうむ》返しに男は言う。「風向きの関係でさ」

この名セリフの効果を味わうためにちょっと後ろを振り返る、とたんに、二重停車していた観光バスに車の前部を突き当てる。着いたのだ。果して、フェドール・バラノヴィッチが登場して、紋切り型の演説をぶちはじめる。

「やい、運転もできねえのか！　なんだ！　道理で……田舎っぺか……こんな目まぐるしい市《まち》ん中でモタモタしねえで鵞鳥か牛の守りでもしてるんだな」

「まあ」ザジが叫ぶ。「フェドール・バラノヴィッチだわ。伯父さんを見なかった?」

「伯父さんを追跡」ムアック未亡人が車体から身体を引きずり出して言う。

「それどころじゃねえよ」とフェドール・バラノヴィッチ。「よくみろよ、やい、俺の商売道具をよくも壊したな」

「二重停車してたじゃねえか」サンクティモントロンの男が言いかえす。「そっちが悪いんだ」

「言い合いはやめなさい」今度はトルースカイヨンが降りてきて言う。「私に任せなさい」

「こっちは不利だね」とフェドール・バラノヴィッチ。「あんたはこいつの車に乗ってたからね。依怙贔屓《えこひいき》するんだろ」

「それじゃ勝手にしたまえ」言い残して、トルースカイヨンは引き退《さが》る。ムアック未亡人を追いかけるつもりだ。小娘のあとに従《つ》いて夫人は姿を消してしまったのだ。

## 11

『ドゥー・パレ』料理店のテラスで、ガブリエルは、五杯目のグルナディンを傾けながら、集まった連中を前に弁じ立てていた。フランス語のできる人間の数が少ないだけに、彼らはいっそう熱心に耳を傾けるように見受けられた。

「なに故に」と彼は言っていた。「なに故に人生は耐えがたいなどと言いだすのか、われわれからそれを奪い去ることはいとも簡単であるのに？　それを齎《もたら》すことも、それを励ますことも、それを滅すことも、それを運び去ることも、いたって簡単である。さもなくんば、なんぴとが忍び得ようぞ、運命の打撃を、選良《エリット》コースの屈辱を、食品屋の誤魔化しを、肉屋の料金表を、牛乳屋の水増しを、両親の苛立ち、教師のお目玉、特務曹長の怒鳴り声、持てる者の堕落、持たざる者の呻き、無限空間の沈黙、花キャベツの匂い、或は回転木馬の受動性を。いくつかの微々たる（身振り）細胞の誤まれる増殖行為が、或は無自覚・無責任な名もしれぬ人間の手によって描かれる弾丸の軌跡が、予期せぬおりにそれらの気苦労をすべて青空の中に霧散させにやって来ないともかぎらない。かく申すそれがしは何度この問題に頭をひねったことか、短いスカートをはいて、お前さんらみたいな間抜けどもの面前で、むろん生れつきは毛むくじゃらだが職業上毛を削り去った腿を見せびらかしているあいだも。ついでに言っときましょう、お望みなら、今夜にでもその見世物へご案内しましょう」

「バンザイ！」旅行者たちはなにもかも任せきって叫ぶ。

「まあ、伯父さん、ますます大当たりね」

「なんだ！　お前か」ガブリエルは落ちつきはらって言う。「そう、ご覧のとおりまだピンピンしてるさ、どころか大繁昌さ」

「サント・シャペル寺院は見せたの？」

「運のいい奴らさ。ちょうどしまるところでね、ステンドグラスの前ですれすれ駆けっこをやらかす間があったよ。おまけにすばらしかったよ（身振り）、ステンドグラスが。うっとりさ（身振り）こいつらは。そうでしょう、マイ・グレェチェン・レディ？」

選ばれた女旅行者は同意する、顔を輝かせて。

「バンザイ！」他の旅行者たちは叫び立てる。

「ガイド攫いを追跡」トルースカイヨンを後ろに従えたムアック未亡人がつけ加える。

ポリ公はガブリエルに近づくと、うやうやしく一礼して、彼の健康状態《こんにちは》を尋ねる。《という》ガブリエルは簡潔に良好である旨を答える。相手はそこで訊問をつづけ自由の問題に取り組む。ガブリエルは彼の自由の幅を、さらにそれが自分の好みにかなっていることを、対話者に保証する。確かに、最初はその点に関して、彼の最も時効に左右されぬ権利にたいして議論の余地なき侵害がおこなわれたことは否定しえない、しかし、結局、臨機応変に、彼は情況をすっかり変化させてしまったために、彼の強奪者たちは彼の奴隷に変わり、この分では間もなく彼は彼らの自由意志を己れの思うがままに扱えるようになるだろう。結論として彼は警察が彼の問題に首を突っ込むことははなはだ不愉快である旨をつけ加えた、そしてこのような挙動にたいして覚える嫌悪感は、彼をいまにもむかつかせそうになったので、ポケットから彼はライラック色の（無地ではなく）、ただしバルブーズ、つまりフィオールの香水を滲み込ませた四角い絹切れを取り出し、それで鼻をはたく。

トルースカイヨンは、匂いに辟易して、詫《わび》を言い、気をつけの姿勢をとってガブリエルに敬礼し、規定通り半回転し、遠ざかり、そのあとをつけ廻すムアック未亡人を従えて、人群の中に姿をくらます。

「どうして彼をはねつけたの？」傍に割り込んでザジはガブリエルに言う。「あたし、苺チョコレートのアイスクリームにする」

「奴の面《つら》はどこかで見覚えがあるような気がするんだ」とガブリエル。

「もうポリ公はいなくなったから」とザジ。「答えてもいいでしょう。伯父さんはホモなの、違うの？」

「違うったら、誓ってもいい」

そう言ってガブリエルは片腕を伸ばし地面に唾を吐きつける、その仕草は旅行者たちの心証を少々害したみたいだ。ガリアの伝統をつたえるこの行為を彼が連中に説明しかけたとき、ザジが、彼の教育的意図をさえぎって、尋ねる、それなら何故あの男は彼がその仲間だといって咎めたのかと。

「また始まったぞ」ガブリエルは呻く。

旅行者たちは、漠然と察して、もはやまったく笑いごとではすまされないと受け取り、ひそひそ声で、彼らの母国語で相談し合った。ある者は小娘をセーヌ川へ投げ込もうという意見だし、他の者は彼女を旅行用毛布《プレード》に包んで防音用に真綿を嚙ませ、何処かの駅の一時預りに預けようという意見だ。誰も膝掛けを犠牲にしたくないのならトランクでも間に合うだろう、思いきり押し込めば。

この密談に不安を覚え、ガブリエルはいくらか譲歩に踏みきる。

「わかったよ」言う。「今夜くわしく説明するから。それより自分の目で見るんだね」

「何を見るの？」

「いまにわかるさ。約束するよ」

ザジは肩をすくめる。

「約束なんて……」

「また唾を吐かせようってのかい？」

「もう結構よ。あたしのアイスクリームに唾がかかるわ」

「じゃ何も言わんでくれ。いまにわかるさ、約束するよ」

「何が分るんだね、この娘《こ》に？」サンクティモントロンの男との衝突事故にかたをつけてきたフェドール・バラノヴィッチが尋ねる。相手はもともとその場から早く消え失せたい一心だった。

今度は彼がガブリエルの傍に席をとり、旅行者たちは彼のために敬々しく場所を譲る。

「今晩この娘《こ》をモン＝ド＝ピエテに連れて行くことにするよ」ガブリエルは答える（身振り）。「他の連中も一緒にね」

「ちょっと待った」とフェドール・バラノヴィッチ。「そいつは予定に入ってないよ。こいつらを早く寝かせなきゃいけないんだ、明日は古代胸壁のジブラルタルへ出発する予定だからね。そういう旅程《スケジュール》だ」

「とにかく」とガブリエル。「連中のお気に召してるんだ」

「なにを見せられるか連中は気づいてないのさ」フェドール・バラノヴィッチはやり返す。

「いい土産になるさ」とガブリエル。

「あたしにもね」苺とチョコレートの味の比較実験を系統的に追求しながらザジが言う。

「そりゃそうと」フェドール・バラノヴィッチが言う。「誰が払うんだい、モン＝ド＝ピエテは？　こいつらは追加料金は承知しないぜ」

「こいつらのことは俺にまかせてくれ」とガブリエル。

「ねえ」ザジが言う。「またさっきのこと尋きたくなっちゃった」

「あとにしな」フェドール・バラノヴィッチが言う。

「大人の話に口を出すもんじゃない」

効き目があって、ザジは口を噤《つぐ》む。

給仕がたまたま通りかかったとき、フェドール・バラノヴィッチは言いつける。

「俺に、ビールを頼むよ」

「コップで？　それとも罐入りで？」給仕が尋ねる。

「棺桶で」フェドール・バラノヴィッチは答えて、給仕に任せるという合図をする。

「あの女、最高ね」ザジが口をはさむ。「ヴェルモー将軍だって考えつかないわ」

フェドール・バラノヴィッチは小娘の言葉など取り上げない。

「じゃ、つまり」ガブリエルに尋ねる。「こいつらに追加料金を押しつけようてんだな？」

「だからこいつらのことは俺にまかせろと言ってるだろ。利用しなきゃ。なァ、例えばだ、晩飯は何処へ連れて行くんだ？」

「ああ！　待遇は満点さ。こいつらはビュイッソン＝ダルジャンへ行けるんだ。もっとも勘定は代理店払いだがね」

「まあ聞けよ。俺のほうは、ティルビゴー通りに一軒知ってるビヤホールがあるんだ、そこならうんと安上がりですむよ。お前さんは、その高級飯屋の亭主に出会って、そいつが代理店から受け取る分から幾らか払い戻しさせるのさ。そのほうがみんな得するわけだ、おまけに、俺が案内する場所のほうが、きっとこいつらはよろこぶさ。もちろんそこの勘定はモン＝ド＝ピエテ代としてこいつらから請求する追加料金で支払うのさ。もう一つの飯屋からの払い戻しのほうは、俺たちで山分けにするさ」

「あんたたち小悪党ね二人とも」ザジが言う。

「そいつは」ガブリエルは答える。「とんでもない言いがかりだ。俺のやってることはみな、こいつらを（身振り）よろこばすためさ」

「それ以外に目当てはないいさ」フェドール・バラノヴィッチが言う。「こいつらにパりと名づけられる美わしき都会の忘れ難き想い出を抱いて帰らせるために。こいつらがまた引っ返してくるように」

「じゃ万事決着」とガブリエル。「晩飯までは、ビヤホールの地階で遊べるよ。撞球台が十五に卓球台が二十。パリじゅう探したって他にはないね」

「こいつらのいい想い出になるさ」フェドール・バラノヴィッチは言う。

「あたしにとってもね」とザジ。「だってそのあいだあたしぶらつけるもの」

「とんでもない、あそこは赤線地帯だ」ガブリエルが狼狽して言う。

「心配いらんよ」とフェドール・バラノヴィッチ。「この娘《こ》なら大丈夫さ」

「そうかといって母親から預かった娘に中央市場とシャトー・ドーのあいだをうろつかせるわけにはいかんよ」

「ビヤホールの前をぶらつくだけよ」ザジが折れて出るみたいに言う。

「ますます客引きと間違われるさ」ガブリエルは震えあがって叫ぶ。「ましてそのジーパンじゃね。好き者がいるからな」

「いろいろ好き者がいるからね」わけ知りらしくフェドール・バラノヴィッチは言う。

「まあ失礼ね」身をくねらせてザジは言う。

「お前さんまでこの娘《こ》に色目を使いだせば」ガブリエルは言う。「おしまいだね」

「どうして？」ザジは尋ねる。「おかま《オルモ》だから？」

「まとも《ノルマル》の間違いだろう」フェドール・バラノヴィッチは訂正する。「最高だね、この娘《こ》は、ええっ伯父さん？」

そう言ってガブリエルの腿を軽く叩く、相手はそわそわしだす。旅行者たちは二人を不思議そうに眺めていた。

「そろそろこいつら退屈しだしたみたいだ」フェドール・バラノヴィッチは言う。

「お前さんの撞球台へ連れてって、ちょっぴり楽しませるとするか。可哀想に知らぬが仏さ、これがパリだと思い込むだろう」

「サント・シャペル寺院を見せてやったよ」ガブリエルは鼻高々で言う。

「バカ言え」ブワ・コロンブ生れでフランス語に堪能なフェドール・バラノヴィッチはやり返す。「ありゃ商事裁判所だよ、お前さんが案内したのは」

「ごまかすな」信じられない顔つきでガブリエルは言う。「確か？」

「シャルルがいなくて助かったわ」とザジ。「ひともめするところね」

「なんとか寺院でなかろうと、とにかく、すてきだったよ」

「なんとか寺院？　なんとか寺院？」旅行者たちの中でいちばんフランス語のできる連中が、不安になって、尋ねた。

「サント・シャペル寺院ですよ」フェドール・バラノヴィッチは答える。「ゴチック建築の珠玉」

「そのとおり（身振り）」ガブリエルがつけ加える。

胸をなでおろし、旅行者たちは微笑む。

「それで？」ガブリエルが言う。「お前から説明するかい？」

フェドール・バラノヴィッチは数ヵ国語で事柄を説明する。

「ふーん」わけ知り顔でザジは言う。「なかなかやるわね、この露助《ろすけ》」

たしかに旅行者たちはいそいそと金を取り出し、そうすることでガブリエルの威信とフェドール・バラノヴィッチの言語的知識を証明する。

「思い出したわ、次の質問」ザジが言う。「エッフェル塔の下で会ったとき、伯父さん外国語を話してたわね。このひとに負けないくらい上手に。どういう風の吹きまわし？　何故もう一度やらないの？」

「それは」ガブリエルは答える。「説明できないよ。自分でもわからずにやっちまうことがあるものさ。霊感、ってとこかね」

グルナディンのグラスを呑み干す。

「だって、芸術家とは、そういうもんさ」

## 12

トルースカイヨンとムアック未亡人は横に並んで、ただし真っ直ぐ、おまけにゆっくり黙って、すでにいくらかの道のりを歩いてきた、そのとき彼らは自分たちが横に並んでゆっくり、ただし真っ直ぐ、おまけに黙って歩いていることに気がついた。そこで彼らは顔を見合わせ、微笑んだ。双方の心が語りかけたのだ。何を言い合い、どんな言葉でそれを表現すればよいか自問しながら彼らは向かい合っていた。すると未亡人はさっそく酒を汲みかわしてこの邂逅を祝うことを、そのためにセバストポール通りのカフェ『自転車《ヴェロシペード》』の店内へ入ることを提案した。そこでは幾人かの市場商人が野菜を運ぶ前に早くも食道を潤していた。大理石のテーブルが二人にビロードの椅子を提供し、そして二人はジョッキに唇を浸しながら、蒼白い肌のウェイトレスが遠ざかるのを待って、ビールの泡越しにやっと恋の言葉を浮かび上がらせることになるだろう。強烈な色彩のフルーツジュースと淡い色彩の強烈なリキュールが呑まれるこの時刻に、そのビロードの椅子に腰を落ち着けて、絡み合った手の興奮の中で、そう遠くない将来におけるセックス行為をそそのかす言葉を二人はかわし合うことになるだろう。「おっとストップ」彼女に向かってトルースカイヨンは答えた。「直ぐにはだめですよ、なんせ制服だもの。着換えてくるあいだ待ってください」そして彼はもすこし先きの、右手にある『回転楕円体《スフェロイド》』で食前酒の時間に出会うことを約束する。彼の住居はランビュトー街にあるからだ。

ムアック未亡人は、孤独に戻って、溜息をついた。わたしはばかなことをしでかしてるわ、小声で彼女は自分に言う。だがその数語はそのまま人知れず歩道に墜落するわけにはいかなかった。それはおよそ聾からは縁遠い一人の女の耳の中に落ち込んだからだ。内服用に定められていたにもかかわらず、それらの四語は次のような返答を誘い出した。ばかなことをしでかさない人間なんているかしら？　疑問符を付けて。だってその返答は複雑だからだ。

「まあ、あんた、あんたじゃないの」ムアック未亡人が言った。

「あなた方をさっきから眺めてたのよ、二人ともおかしかったわ、警官《ポリ》もあなたも」

「あんたから見ればね」とムアック未亡人。

「あたしから見れば？　どう言うこと、あたしから見ればって？」

「おかしいってこと」ムアック未亡人は言う。「ほかの人から見れば、おかしくないわ」

「おかしくない人間なんて」とザジ。「けつ喰らえ」

「あんた一人？」

「そうよ、小母さん、ぶらついてるの」

「女の子を独りでぶらつかせる時間でも場所でもないわ。どうなってるの彼は、あんたの伯父さんは？」

「旅行者を引っ張り廻してるわ。球突き場に連れて行ったの。待ってる間、あたし空気を吸いに出たの。だってあたし、撞球は、うんざりよ。でも食事のときはみんなのとこへ戻らなくちゃ。そのあと一緒に彼の踊りを見物に行くの」

「踊り？　誰の？」

「伯父さんのよ」

「彼が踊るの、あの象が？」

「おまけに短いスカートで」ザジは得意げに言い返す。

　ムアック未亡人は黙り込んでしまった。

　彼女たちは卸《おろし》もすれば小売りもする食料品店のあるところまでやって来ていた。一方通行の大通りを距《へだ》てた反対側には、同様に卸と小売りを兼ねた薬局が、カミルレや田舎のパテ、糖果や虫下し、グリュエルチーズや吸い玉などをあさる群衆、それに近くの駅が吸い込むためにまばらになりだした群衆の上に、緑色の光を注ぎかけていた。

　ムアック未亡人は溜息をつく。

「いいかしら、少しあんたと一緒に歩いて？」

「あたしの行動を見張るつもり？」

「いいえ、ただつき合ってほしいの」

「どっちでもいいわ。あたしは独りのほうがいいけど」

再びムアック未亡人は溜息をつく。

「あたしのほうはとってもさびしいの……とってもさびしいの……とってもさびしいの」

「さびしい、けつ喰らえ」口ぐせの上品な言葉で小娘が言う。

「大人を理解してちょうだい」婦人は涙声になる。「ああ！　あんたにわかったら……」

「あの警官《ポリ》さんなのあなたをこんなふうにしたのは？」

「ああ、恋……あんたも体験すれば……」

「きっといやらしいことを言い出すと思ったら果たしてね。やめないと、お巡りさんを呼ぶわよ……別の……」

「薄情ね」ムアック未亡人は苦しげに言う。

ザジは肩をすくめる。

「可哀想な小母さん……さあさあ、あたしそんな駄馬じゃなくてよ。あなたが元気になるまで一緒に駆けてあげるわ。あたし気立ては優しいのよ、どう？」

ムアック未亡人が答えるいとまもなく、ザジはつけ加える。

「でもやっぱり……警官《ポリ》なんて。胸くそが悪いわ」

「わかるわ。でも仕方ないでしょう、こんなふうになってしまったのよ。あんたの伯父さんさえ誘拐されなければ……」

「もう言ったでしょ、奥さんがいるって。それにあたしの伯母《おかま》さんのほうがあなたの薄のろよりうんと上出来よ」

「家族の宣伝は結構よ。あたしはトルースカイヨンで満足。いいえ、満足してみせるわ」

ザジは肩をすくめる。

「けっきょく、映画の見すぎね」言う。「あなた他に話題はないの?」

「ないわ」断乎としてムアック未亡人は答える。

「そう、じゃ」負けず劣らず断乎とした口調でザジは言う。「慈善週間は終わりよ。さよなら」

「とにかくありがとう、お嬢ちゃん」寛容に溢れたムアック未亡人は言う。

彼女たちは二人別々に車道を横断する、そしてビヤホール『回転楕円体《スフェロイド》』の前でまた出会った。

「あら」とザジ。「まだいたの。あたしをつけてるの?」

「あんたこそあっちへ行ってよ」と未亡人。

「最高ね、この女《ひと》。五分前は、へばりついて離れなかったのに。今度は逃げ出す気。恋のせいなの、こんなになったのは？」

「仕方ないでしょう？　じつを言うと、あたしちょうどここでトルースカイヨンとデートすることになってるの」

地階からにぎやかな響きが聞こえていた。

「あたしは伯父さんとデートよ」とザジ。「みんなあそこにいるの。下に。聞こえるでしょう、野蛮人みたいに騒ぎまくってるわ。だって、さっきも言ったでしょ、あたし、球突きなんか……」

ムアック未亡人は一階の中味を詳しく点検する。

「いないわ、あんたのやくざは」ザジが言う。

「まだね」と婦人。「まだね」

「当然よ。警官が酒場にいるわけないわ。禁《と》められてるもの」

「この勝負」未亡人はしたり顔で言う。「あんたの負けね。彼は平服に着換えに行ったのよ」

「だったらあなた見分けがつかないでしょう」

「彼を愛してるもの」とムアック未亡人。

「待ってる間」ザジが気やすく言う。「下へ降りてみんなと一杯つき合いなさいよ。彼ひょっとすると来てるかもしれないわ。こっそりしのび込んで」

「たいそうに言わないで。彼は警官よ、スパイじゃないわ」

「彼のことどれだけ知ってるっての？　身の上話をしたの？　もう？」

「彼を信用してるわ」中年女は謎めいた、うっとりした口調で言う。

ザジはもう一度肩をすくめる。

「さあ……一杯やるのよ、そしたら考えも変わるわ」

「いいわ」未亡人は言う、時間を見て、彼女のポリゴロをまだあと十分待たねばならないことを確かめたのだ。

踊り場のところから、小さな玉が緑色のクロスの上を敏捷に滑るのが、そして別なさらに軽い玉が、ビールのジョッキや濡れたズボン吊りから立ち昇る靄《もや》を稲妻状に横切るのが目に入った。ザジとムアック未亡人はガブリエルの周りにぎっしりむらがった旅行者の一団を認めた。彼は非常に難かしいキャノンについて沈思黙考している最中だった。それに成功すると、彼は様々な国語で喝采された。

「みんなご満悦よ、どう」伯父のことをさも誇らしげにザジは言う。

婦人は、頭で、同意を示す。

「ほんとに間抜けな連中だわ」しんみりした調子でザジはつけ加える。「こんなのはまだ序の口よ。ガブリエルが短いスカートをはいて現われるのを見たら、連中どんな面《つら》をするかしら」

貴婦人は思わずにやにやする。

「ねえ、ズバリ言ってどういうものなの、オカマって？」彼女に向かって、ザジはまるで古馴染みたいに気安く尋ねる。「おやま？　ホモ？　男色？　どこが違うの？」

「可哀想な子」未亡人は溜息をついて言う。警官の魅力によって粉砕された自分の道徳の廃墟の中から時どき彼女は他人用の道徳の破片を見つけ出すのだった。

シックス・クッション突きを仕損じたガブリエルがそのとき彼女らに気づき、手でちょっと挨拶する。つづいて先きほどのキャノンの失敗を無視して冷静にセリーを続ける。

「あたしもう一度上へ戻ってみるわ」未亡人はきっぱり言う。

「相当いかれてるわね」ザジは言って、撞球をもっとそばで見に近づく。

手玉は$f_2$の位置にあり、もう一つの白玉は$g_3$、赤玉は$h_4$の位置にあった。ガブリエルはマッセーの準備をし、その目的で、タップにチョークを塗りつける。彼は言いだす。

「しつこいね、あのバアちゃん」

「ポリ公と恐ろしくいちゃついてるの、ほらもう一軒のカフェへ行ったとき伯父さんのテーブルへやってきたあの警官よ」

「どうでもいいさ。少し、遊ばせてくれよ。横で騒がんでくれ。落ち着いて、冷静に」

全員の感嘆の真只中で、彼はキューをとり上げ、双曲線を描かせる目的でつづいて手玉に突きをくれる。手先きは、正確な的からはずれ、店主によって定められた弁償価格に該当する縞模様でクロスを引き破いてしまった。隣りの台で、同じ成果を挙げようと苦心して成功しなかった旅行者たちは、眼をまるくして感嘆する。夕食に出かける時間だった。


費用に当てる義捐金を募り、勘定を公正に済ませたあと、ガブリエルは、卓球台で遊んでいた連中も含めて、みんなをもういちど集合させ、地上へ飯を食いに引率する。一階のビヤホールがその企てにうってつけに思われた。椅子に腰をおろしてしまってから、向かい合ったテーブルに彼はムアック未亡人とトルースカイヨンの姿を認めた。二人して彼に陽気な合図を送り、そしてガブリエルのほうは中年女の傍で気取っている一張羅の男のうちに警官の姿を認めるのに苦労する。その場のお愛想から、ガブリエルは身振りで彼らを彼の大世帯に加わるよう誘いかけ、それはさっそく実行に移される。外人たちはかくも夥しい地方色《ローカル・カラー》を前にして感激で咽喉を詰まらせ、いっぽう原住民風腰巻をまとったボーイたちは給仕を開始し、風邪をひいたビール壜や、くさったソーセージをふりかけたシュークルートや、カビの生えたベーコンや、なめし革みたいなハムや、芽を吹いたジャガ芋などを運び込み、この調子で好意的味覚の無分別な鑑賞の前におフランス料理の精華を提供する。

ザジは、ひとくち味わってみて、きっぱり食えたもんじゃないと断定する。玄関番だった母親の手で煮こみ肉の強固な伝統の中で育てられた警官は、また正統派フライの達人である中年女も、キャバレーで出される凝った食い物に慣れているガブリエルまでが、あわてて子供に卑怯な沈黙をほのめかす。こうした沈黙のおかげで下手くそな料理人が内政面では公衆の味覚を損い、さらに対外政策の面では、フランス料理がゴール人から受け継いだ素晴らしい遺産を外国人向きに変質させるという事態が許されている。ゴール人からは、このほかにもわれわれは、衆知のごとく、股引きから樽作りの技術、さらに非具象芸術まで、その恩恵を蒙っているというのに。

「でもやっぱり言わせてもらうわ」とザジ。「こんなもの（身振り）へどが出そう」

「わかった、わかった」とガブリエル。「無理強いはせんよ。理解のあるほうだからね、でしょう奥さん？」

「時々ね」と未亡人。「時々ね」

「そんなことじゃないね」トルースカイヨンが言いだす。「エチケットの問題さ」

「エチケット、けつ喰らえ」ザジがやり返す。

「ねえ」ガブリエルが警官に向かって言う。「この娘《こ》の教育は私にまかせてください。責任は私にあるんですから。そうだろう、ザジ？」

「らしいわね」とザジ。「とにかく、あたしは、なんてったってこんな不味《まず》いもの食べられないわ」

「お嬢さん、何か？」騒動を嗅ぎつけた老獪な給仕が猫なで声で尋ねる。

「ほかの物が欲しいの」とザジ。

「私どものアルザス・シュークルートは可愛いお嬢さんのお気に召しませんか？」老獪な給仕は尋ねる。

皮肉り、とぼけるつもりだ。

「そうだ」ガブリエルは断乎として言い渡す。「この娘《こ》のお気に召さないんだ」

給仕はしばらくガブリエルの大きさを観察した、ついでトルースカイヨンの風采に警官を嗅ぎつける。小娘の片手に集められたこうも多くの切り札が彼にその大口をつぐませた。そこで彼が平身低頭の芸を見せだしたとき、取締役が、いっそう間の抜けた面で、割って入る。さっそく彼は持ち唄を披露しだす。

「何だ、何だ」囀《さえず》り立てる。「生意気に外人が料理のことに口出しする気か？　けしくりからん、厚かましいぞ、今年の旅行者は。いまに食通面《づら》をしだすんだろう、この低能めら」

彼らのうちの何人かに挑みかかる（身振り）。

「言わせておきゃつけ上がりやがって、俺たちゃ何度も戦に勝ってんだ、手前《てめえ》らなんぞに料理のことでケチをつけられてたまるもんか？　俺たちが汗水たらして赤葡萄酒やブランデーを育ててるのは、手前らにそいつをくささせ、くそまずいコカコーラやキャンティを持ち上げさせるためだと思ったら、大間違いだぞ。このぐうたらめ、てめえらが敵の肉をばらし骨の髄をしゃぶって、まだ人喰いをやらかしてる間に、俺たちのご先祖、「十字軍勇士」は、パルマンチエがジャガ芋を発見しないさきから、ビフテキにフライドポテトを取り合わせていたんだ、てめえらが作ったこともねえ腸詰とさや隠元の取り合わせは言うに及ばずな。お気に召さないって？　召さねェのか？　知ったような口をきくじゃないか！」

ひと息入れてこんなふうな磨き立てた言葉であとを続ける。

「きっと値段のことでそんな面《つら》をするんだろう？　だけどまっとうなものさ、俺たちの値段は。分らねえんか、このけちんぼうめ。どうして税金を払うんだ、親方は、手前らの使い途も知らねえドルの勘定をあてにしなきゃ」

「いつまでほざいてんだ？」ガブリエルは尋ねる。

取締役は憤慨の叫びをあげる。

「こいつフランス語でやる気だな」吠え立てる。

老獪給仕のほうを振り向いて、自分の感想を伝える。

「聞いたか、このげす野郎、俺たちの言葉でやるつもりだぜ。むかつくじゃねえか……」

「でもべつに悪いことはおっしゃってませんよ」鉄拳を喰わされることを恐れて、老獪な給仕は言う。

「裏切ったな」逆上し、おそろしい目つきで、身をわななかせ、取締役は言う。

「なにをぐずぐずしてるの、面《つら》をたたきつぶしてやるといいわ」ガブリエルに向かってザジがけしかける。

「静かにしなさい」とガブリエル。

「きんたまをねじあげちゃいな」ムアック未亡人が言う。「ちょっとは目がさめるでしょう」

「お目にかかりたくないね」トルースカイヨンは蒼くなって言う。「あんたがやってるあいだ、私は座をはずさせてもらうよ。ちょうど本署へ電話を入れなくちゃならんのでね」

老獪な給仕は肘で支配人の腹をつつき客の言葉に注意を促す。

風向きが変わる。

「さてと」取締役は言いだす。「さてと、何をお望みですか、お嬢さま?」

「こんな料理」とザジ。「食えるわけないわ」

「間違いでした」愛想笑いを浮かべて、取締役は言う。「隣りのテーブル用で、旅行者用で」

「俺の連れだよ」ガブリエルが口をはさむ。

「ご心配なく」呑み込んだような態度で取締役は言う。「なにかシュークルートの代りを見つけましょう。かわりに何をお望みですか、お嬢さま？」

「代りのシュークルートよ」

「代りのシュークルート？」

「そうよ」とザジ。「代りのシュークルートよ」

「それが」取締役は答える。「代りのも変わりばえはしませんでしょう。またお小言が出ませんように、最初から申し上げておきますが」

「結局、この店で食べれる物があるの？」

「ごもっともで」と取締役。「ああ！　税金さえなければ（溜息）」

「ウーム、ウーム」シュークルートの皿の底の底まで味わって旅行者の一人が言う。身振りで、彼はもっと欲しいことを示す。

「どうです」取締役は意気揚々と言う。

老獪な給仕が引き上げたばかりのザジの皿が再び善饑《ぜんき》症患者の眼前に現われる。

「あなた方は食通とお見受けいたしましたので」取締役は続ける。「コンビーフをそのままで召し上がられるようお勧めいたします。眼の前で罐をお開けいたしましょう」

「最初からそう言えばいいのに」ザジは答える。

やり込められ、相手は退散する。ガブリエルは、思いやりから、彼を慰めるつもりで尋ねる。

「グルナディンは？　いけるかい、ここのグルナディンは？」

## 13

小足のマドは電話器が鳴るのを三秒間眺めていた、そして四秒目に電話線のもう一方の端で起こっていることを聴こうとした。その器具をとまり木から降ろすと、それはたちまちガブリエルの声を借りて、自分の女房にちょっと話がしたいと言うのが聞こえた。

「急いでくれ」彼はつけ加えた。

「だめですわ」小足のマドは答えた。「あたし一人だけですの、テュランドーさんがいなくて」

「喋れ」〈緑〉が言う。「喋れ、それだけ取り柄さ」

「バカヤロ」ガブリエルの声が言う。「誰もいないんなら戸閉まりしろ、誰かいるんならたたき出せ。わかったか、この惚茄子《ぼけなす》？」

「分りました、ガブリエルさん」

そして彼女は電話を切った。それほど簡単にはいかなかった。じっさいに客が一人いたからだ。その男を一人きりにしておけないわけではなかった、というのはその客はシャルルだったし、それにシャルルは端金《はしたがね》をかっぱらうために銭入れ引出しの中をひっ掻き廻すような男ではなかったからだ。律義な男だ、シャルルは。その証拠に、彼は彼女に結婚を申し込んだところだった。

小足のマドがその問題について思案しだすやいなやまた電話が鳴りだした。

「畜生」シャルルは吠え立てた。「この淫売屋は落ち着いてもいられねぇや」

「喋れ、喋れ」状況に苛立って〈緑〉が言う。「それだけ取り柄さ」

小足のマドはもういちど受話器を取り上げた、するといずれも負けず劣らず不愉快な形容詞が立てつづけにはじき出されるのが聞こえた。

「電話を切るなと言ってるんだ、この皺くちゃ婆ァ、こっちの番号を知らんのだろう。急ぐんだ、一人なんか、それとも誰かいるんか？」

「シャルルがいますの」

「シャルルさまになにか用かい？」シャルルが澄まし込んで言う。

「喋れ、喋れ、それだけ」〈緑〉が言う。「取り柄さ」

「奴か、そこで喚いてるのは？」電話が尋ねる。

「いいえ、〈緑〉ですわ。シャルルは、あたしに結婚の話できてるの」

「そうか！　とうとう肚《はら》をくったな」どうでもいいといった調子で電話は答える。

「それでもマルスリーヌを呼びにくらいは行けるだろう。お前さんが階上《うえ》まで行きにくいんなら、代りにやらすんだな、シャルルの奴に」

「頼んでみますわ」小足のマドは言う。

（間）

「行きたくないそうです」

「どうしてだ？」

「あなたに腹を立ててるんです」

「馬鹿な奴だ。電話に出るように言ってくれ」

「シャルル」小足のマドは叫ぶ（身振り）。

シャルルは無言（身振り）。

小足のマドはじれる（身振り）。

「まだかい？」電話が尋ねる。

「今すぐ」小足のマドが答える（身振り）。

やっとシャルルは、グラスの中味を空けてから、ゆっくり受話器に近づき、次に、受話器を女房候補者の手からひったくり、サイバネティックス的言語を口にする。

「もしもし！」

「シャルルか？」

「ブーッ」

「とにかく大急ぎでマルスリーヌを呼びに行ってくれ、話があるんだ、急ぐんだ」

「俺は誰の指図も受けんよ」

「分ったよ、分ったよ、そんなことじゃないんだ、急いでくれと言ってるんだ、急ぐんだよ」

「だから誰の指図も受けんと言ってるんだ」

そして彼は電話を切ってしまった。

それから彼はカウンターのほうへ引き返す。カウンターの向こうでは小足のマドが夢想に耽っているみたいだった。

「それで」シャルルは言う。「考えはきまったかい？　承知するのかい？　しないのかい？」

「もう一度言いますけど」小足のマドはつぶやく。「こんなふうにきりだされても、いきなり、ショックですわ、予想してなかったんですもの、考えてみませんと、シャルルさん」

「考えてたんじゃないのか？」

「まあ！　シャルルさんたら、意地悪ね」仕掛けのベルがまた鳴りだした。

「ほんとにどうしたのかしらあの人、どうしたのかしら」

「ほっとけよ」とシャルル。

「そんなにつれなくするものじゃなくてよ、とにかくお友達でしょう」

「うーん、だけどあの小娘が付録じゃ納まらないね」

「あの娘《こ》のことは考えないで。あの年頃は悪気はないのよ」

いつまでも唸りつづけているので、シャルルは再び受話器を取り上げる。

「もしもし」ガブリエルが怒鳴る。

「ブーッ」とシャルル。

「おい、馬鹿はよせ。さあ、すぐマルスリーヌを呼びに行ってくれ、いい加減にしないと怒るぞ」

「わからんのか」シャルルは優越的な口調で言う。「取り込みちゅうだ」

「なんだって」電話が嘶《いなな》く。「もういっぺん言ってみろ。取り込みちゅうだと？　お前《めえ》にどんな大事な仕事があるんだ？」

シャルルは受話器のマイクをぴっちり手でおさえて、小足のマドのほうに向き直り、尋ねる。

「承知するのかい？　駄目かい？」

「いいわ」小足のマドは赤くなって答える。

「本当に？」

「（身振り）」

シャルルは受話器の障害物を取り除き、相変わらず電話線の向こう端にいるガブリエルに向かって次の事柄を伝達する。

「待たせたな、お前さんに知らせることがあるんだ」

「どうでもいいから。呼んで来てくれ……」

「マルスリーヌだろ、わかってるよ」

そして畳みかけるように、

「小足のマドと俺は、婚約したとこだ」

「そりゃいい。ところで、考え直したよ、もう呼んでくれなくていい……」

「わかったのか、俺の言ったことが？　小足のマドと俺は、夫婦《みょうと》になるんだ」

「お前さえその気ならね。そうだ、マルスリーヌは出なくていいよ、ただこのことだけ伝えてくれ、ショーを見せにあの娘《こ》をモン＝ド＝ピエテに連れて行くとね。上品な観光団を引っぱって、それに仲間も一緒だって、要するに大勢でくり込むんだ。俺の出番のほうも、今夜は腕によりをかけるつもりだ。ザジにも見せたほうが、勉強の機会だろう。そうだ、それから、本当に、お前も来いよ、小足のマドと一緒に、お前たちの婚約祝いだ、いいだろ？ 乾杯といこうぜ、俺がおごるよ、ショーもおまけに。それにテュランドーも、やつも来れるだろ、あの頓馬野郎も、それから喜びそうなら、〈緑〉も一緒にな、それからグリドゥーもだ、忘れんようにな、グリドゥーも。グリドゥーの野郎も」

その言葉で、ガブリエルは電話を切った。

シャルルは受話器を電線の端に首吊りさせ、小足のマドのほうを振り向いて、記念すべき宣告にとりかかる。

「じゃ」と言う。「いいんだね？ まとまったね？」

「もちよ」マドレーヌは答える。

「俺たち結婚するんだ、俺たちはマドレーヌは」戻ってきたテュランドーにシャルルは言う。

「そりゃいい」テュランドーは答える。「祝いに一杯おごろう。だけどマドがいなくなると困るな。働き者だからね」

「ええでもあたしやめませんわ」とマドレーヌ。「家にいても退屈でしょうし、彼がタクシーに乗ってるあいだ」

「違いない」とシャルル。「結局、なんにも変わらんわけさ、ただ一発やるのに、合法的にやるというだけさ」

「ついに諦めたかね」とテュランドー。

「なにを呑む？」

「なんでもいいよ」とシャルル。

「いっぺん俺が給仕させてもらうよ」マドレーヌの尻を叩いてテュランドーは慇懃《いんぎん》に彼女に向かって言う。仕事のとき以外はこんなことをしたためしはなく、それもただ雰囲気を盛り上げるのが目的だった。

「シャルルは、フェルネ・ブランカにするといいわ」マドレーヌが言う。

「あんなもの呑めるもんか」とシャルル。

「グラスを半分あけたじゃないか」テュランドーが訂正する。

「そういやそうだ。じゃボージョレをくれ」

一同乾杯。

「君たちの合法的性交のために」テュランドーが言う。

「ありがとう」帽子で口を拭いながらシャルルは答える。

彼はつけ加える、まだ仕事はぜんぶ終っていない、マルスリーヌに知らせなければならないと。

「疲れるといけないわ、あなた」マドレーヌが言う。「あたしが行くわ」

「マルスリーヌになんの関係があるんだね、お前さんたちが結婚しようとしまいと」テュランドーが言う。「明日《あした》知らせたって同じことさ」

「マルスリーヌのことは」シャルルが答える。「別さ。ガブリエルのやつザジのお守りに出かけたんだが、俺たちみんなに、お前さんも一緒に、奴の出番を見がてら一杯やりに来いって誘ってるんだ」

「へえ」とテュランドー。「お前さん平気なのかい。婚約祝いに男色《ホモ》バーへ出向こうってのかい？　そうとも、もいっぺん言うがね、お前さん平気なのかい」

「喋れ、喋れ」〈緑〉が言う。「それだけ取り柄さ」

「喧嘩しないで」とマドレーヌ。「あたしマルスリーヌさんに知らせてくるわ、それからあたしたちのギャビーのためにおめかしするわ」

彼女は飛び立つ。三階に着くと、新しい婚約者は扉を叩く。これほど上品なやり方で叩かれては扉は開くより仕方がない。そこで問題の扉は開く。

「こんちは、小足のマドさん」おしとやかにマルスリーヌは言う。

「あのう、ねェ」階段の螺旋の中にすこし置き忘れてきた息をもう一度取り戻してマドレーヌは言う。

「お入りになってグルナディンでも召し上がらない」彼女の言葉をさえぎっておしとやかにマルスリーヌは言う。

「服を着なきゃなりませんの」

「あら裸みたいにも見えないけど」おしとやかにマルスリーヌは言う。

マドレーヌは顔を赤らめる。マルスリーヌはおしとやかに言う。

「でも一杯くらいいいでしょ？　女同士で……」

「それでも」

「とってもそわそわしてらっしゃるのね」

「婚約したとこなの。ですから」

「まさか妊娠したんじゃないでしょうね？」

「まだです、今んとこは」

「じゃグルナディンを断われないわね」

「うまくおっしゃるのね」

「そんなつもりじゃなくてよ」目を伏せながらマルスリーヌはおしとやかに言う。

「お入りなさいな」

マドレーヌはさらに聞きとりにくい挨拶を呟きながら中に入る。お掛けになってと勧められ、彼女は従う。主婦はグラスを二人分と、水の入ったガラス壜と、グルナディンの小壜を取りに行く。あとのほうの液体を慎重に注ぐ、客には充分たっぷり、自分にはほんの少しだけ。

「用心してるのよ」共犯の微笑を浮かべておしとやかにマルスリーヌは言う。

それから彼女は酒を水で割り、二人はお上品にすすった。

「それで？」マルスリーヌがおしとやかに尋ねる。

「ああ、そうそう」とマドレーヌ。「ガブリエルさんが電話をかけてきたんです。あの娘《こ》にショーを見せにキャバレーへ連れて行くって、あたしたち二人も、シャルルとあたしも一緒に呼ばれたんです、あたしたちの婚約祝いに」

「すると相手はシャルルなの？」

「どうせ誰とだって一緒ですもの。彼は真面目だし、それに、気心の知れた間ですから」

二人はたえず微笑をかわし合う。

「ねえ、マルスリーヌさん」マドレーヌが言う。「あたしどんな服を着ればいいかしら？」

「そうね」おしとやかにマルスリーヌは答える。「婚約式なら、どうしても白《しろ》ものね、それに処女《おとめ》らしい銀色をちょっぴり添えるか」

「処女《おとめ》の話はよしましょう」とマドレーヌ。

「それがしきたりよ」

「男色《ホモ》バーででも？」

「関係ないことよ」

「そうね、そうね、でもあたし白もののドレスどころか、スポーティな服一着ありませんわ、ねえ！　どうすればいいかしら？　ほんと、教えてください、どうすればいいかしら？」

マルスリーヌは、見るからに考え込んでいる様子でうつむく。

「じゃ」おしとやかに彼女は言う。「じゃそれなら鶏頭色のジャケットに黄緑の襞《ひだ》スカートをつければいいわ、いつだったか七月十四日祭のダンス会に着て出たあれよ」

「目立ちました？」

「もちろんよ」おしとやかにマルスリーヌは言う。「目立ったとし（沈黙）。すてきだったわ」

「まあうれしい」とマドレーヌ。「じゃたまにはあたしのこと気にかけていてくださったのね？」

「もちろんよ」おしとやかにマルスリーヌは答える。

「だってあたし」マドレーヌは言う。「だってあたし、あなたみたいな美しい女《ひと》から」

「本当？」マルスリーヌはしんみり尋く。

「そうなんです」小足のマドは勢い込んで答える。「本当ですとも。あなたってとても素敵よ。あたしあなたみたいになれたらどんなにうれしいか。すごくお綺麗で。おまけにお上品で」

「大袈裟なこと言わないで」おしとやかにマルスリーヌは言う。

「いいえ、いいえ、とっても素敵よ。なぜもっとお付き合いしなかったのかしら？（沈黙）。もっとお付き合いしたいわ。あたし（微笑）もっとお付き合いしたいわ」

マルスリーヌは目を伏せ、優しく顔を赤らめる。

「ほんと」マドレーヌは続ける。「なぜもっとお付き合いしなかったのかしら、あたしからこんなこと言うの失礼でしょうけど、あなたったらほんとに眩《まぶ》しいほど健康で、それにとてもお美しいんですもの、ほんとどうしてかしら？」

「つまりそれほど騒々しくないということでしょう」マルスリーヌはやさしく答える。

「じゃなくって……」

「もう言わないで、あなた」マルスリーヌは言う。

そこで、二人は黙り込んでしまった、思いにふけり、夢みるような様子で。二人の間で時は迅速に経過しなかった。遠くの街路で、タイヤが暗闇の中でしぼむ音まで耳に入りそうだった。半ば開けはなたれた窓ごしに、月光がテレビ・アンテナの網の上にほとんど音もたてずに照りつけているのが見えた。

「そろそろ着がえしなきゃいけないでしょう」マルスリーヌがやさしく言う。「ガブリエルのショーを見逃したくないなら」

「本当ですわ」とマドレーヌ。「じゃあたし七月十四日の緑色の上着にオレンジとシトロン色のスカートにしようかな？」

「それがいいわ」

（間）

「でも、あなたをお一人でおいとくの辛いわ」マドレーヌが言う。

「いいのよ」とマルスリーヌ。「慣れてるわ」

「それでも」

彼女たちは同時に同じ動作で立ち上がった。

「じゃ、とにかく」マドレーヌが言う。「あたし着換えてきますわ」

「きっとすてきよ」やさしく近寄ってマルスリーヌは言う。

マドレーヌは彼女の目を見つめる。

誰かがノックした。

「まだかい？」シャルルがどなる。

# 14

タクシーは満員になり、シャルルはスタートした。テュランドーが彼の傍に坐り、マドレーヌは後ろの座席、グリドゥーと〈緑〉の間に坐った。

マドレーヌは鸚鵡を見つめ、さっそく回りに尋ねる。

「鸚鵡がショーを見て面白いかしら？」

「心配いらんよ」背後で話されていることを聞くために、間のガラスをおろしてテュランドーが言う。「なあに、気が向きゃ、こいつは適当に自分で楽しむさ。だからガブリエルを見せたっておんなじさ」

「こいつら畜生は」グリドゥーは断定する。「何を考えてるかさっぱりわからん」

「喋れ、喋れ」〈緑〉が言う。「それだけ取り柄さ」

「ほらみろ」とグリドゥー。「こいつらは思ったより解ってるんだ」

「その通りよ」マドレーヌが勢い込んで賛成する。「まったくその通りよ、それは。そういえばあたしたち、ほんとうになにひとつでも解ってるかしら」

「なんだって？」テュランドーが尋ねる。

「人生のことですわ。時どき夢を見てるみたい」

「そいつは結婚しようとする者の言うことだ」

　そしてテュランドーはタクシーを転覆させる危険を冒してシャルルの腿を力一杯たたきつける。

「いい加減にしろ」とシャルル。

「いいえ」マドレーヌは言う。「そうじゃないの、結婚のことだけじゃないわ、もともとそんなふうに思ってたの」

「ほかに仕方がないね」グリドゥーが訳知りらしい口調で言う。

「ほかに仕方がないって、なにが？」

「きみが言ったとおりさ」

（沈黙）

「人生ってなんて厄介なんでしょう」マドレーヌはつづける（溜息）。

「そうでもないさ」とグリドゥー。「そうでもないさ」

「喋れ、喋れ」〈緑〉が言う。「それだけ取り柄さ」

「それにしても」とグリドゥー。「こいつ、一向にレコードを換えんな」

「こいつが能無しだと言いたいのかい？」テュランドーが肩ごしに叫ぶ。

〈緑〉に以前からたいして興味のないシャルルが、家主のほうへ身体を傾げて小声で囁く。

「まだ結婚する気があるかどうか尋いてくれよ」

「誰に尋くんだ？〈緑〉にかい？」

「ふざけやがると承知しねえぞ」

「もう冗談も言えないんかい」テュランドーはげんなりした声で言う。

そして肩越しに叫ぶ。

「小足のマド！」

「はい只今」マドレーヌは答える。

「シャルルが尋いてるよ、汝今もなお彼を夫に望むや」

「はい」しっかりした声でマドレーヌは答える。

テュランドーはシャルルのほうを振り返って尋ねる。

「汝今もなお小足のマドを妻に望むや？」

「はい」しっかりした声でシャルルは答える。

「さらば」それに劣らずしっかりした声でテュランドーは言う。「汝らが結婚の絆により結ばれしことをここに宣言する」

「アーメン」とグリドゥー。

「馬鹿げてるわ」マドレーヌが憤慨して言う。「馬鹿げた冗談よ」

「どうして？」テュランドーが尋ねる。「したいのかい、それともしたくないのかい？

はっきりさせなくちゃ」

「不愉快な冗談だわ」

「冗談じゃないさ。ずっと前から俺はお前たちが結ばれるのを希《ねが》ってたんだ、お前たち二人が、シャルルとね」

「よけいなおせっかいよ、テュランドーさん」

「勝負あった」シャルルが穏やかに言う。「さあ着いた。みんな降りた。車を置いて、戻って来るよ」

「よかった」とテュランドー。「斜頸《しゃけい》になるとこだったよ。機嫌を損ねたんじゃないだろうね？」

「ちっとも」とマドレーヌ。「馬鹿らしくて腹も立ちませんわ」

大礼服の海軍提督が車のドアを開けにきた。

彼は歓声をあげる。

「まあ！　可愛い」鸚鵡を見つけて言う。「お連れ様ですか、この方《かた》も？」

〈緑〉が不機嫌そうに言う。

「喋れ、喋れ、それだけ取り柄さ」

「おや」と海軍提督。「ご機嫌ななめみたい」

そして新来客たちに。

「あんた方ですねガブリエルに招待されたのは？　一目でわかるわ」

「なんだとこのおカマめ」テュランドーはやり返す。「えらそうな口をきくな」

「じゃこの鸚鵡も、ガブリエラ嬢を見にきたの？」

いやらしくて反吐《へど》が出そうだといった顔つきで男は鸚鵡を見つめる。

「具合でも悪いかい？」テュランドーは尋ねる。

「ちょっと」海軍提督は答える。「こういう鳥にわたしコンプレックスを感じるの」

「精神分析医に見てもらいな」とグリドゥー。

「夢を分析してもらいましたわ」海軍提督は答える。「でも連中なんてインチキよ。なんにもならなかったわ」

「どんな夢を見るんだい？」グリドゥーは尋ねる。

「乳母の夢よ」

「ウエッ、いやらしい」ひやかすようにテュランドーは言う。

シャルルが駐車場を見つけて戻ってきた。

「どうした」とシャルル。「まだ入らないんか？」

「あらこわいおばさま」海軍提督が言う。

「巫山戯《ふざけ》ると承知しねえぞ」タクシー気違いがやり返す。

「覚えておきますわ」と海軍提督。

「喋れ、喋れ」〈緑〉がわめき立てる……。

「騒々しいな」ガブリエルが現われて言う。「入れよ。遠慮はいらんさ。お客はまだ来てないよ。外人客だけだ。それにザジと。入れったら。入れよ。いまに、うんと楽しませてやるよ」

「どうしてまた今夜にかぎって俺たちはお招きにあずかったのかね？」テュランドーが尋ねる。

「これまで」グリドゥーがあとを受けて。「活動の実体を厳重に秘めてきなすったあんたなのに」

「それに」マドレーヌがつけ加える。「ご自分の芸術の舞台を、あたしたちにいちども鑑賞させてくださいませんでしたあなたが」

「まったく」〈緑〉が口をはさむ。「ちんぷんかんぷんさっぱりわからん」

鸚鵡の干渉を無視して、ガブリエルは以上の質問者たちに以下のような言葉で回答を与える。

「なに故か？　なに故かと尋ねるのか？　ああ、なんたる愚問ぞ、そもそもかかる問いに自ら答えうる者ありや。なに故かと？　しかり、なに故か？　おお！　かかる楽しき一瞬には、人生と、そして抵当や手付の坩堝《るつぼ》のなかで調合される人生のおよその意義との融け合いにのみ目を注ごう。なに故か、なに故かと尋ねるのか？　祝婚歌にそってそよぐグロキシニアのひびきが君たちには聞こえぬのか？」

「俺たちのために言ってくれてるのかい？」クロスワーズ・パズルの得意なシャルルが尋ねる。

「いいや、関係なしさ」ガブリエルは答える。「そら、見たまえ！　見たまえ！」

赤いビロードの幕が中心線に沿って華やかに左右に開き、目を見張った客たちの前にバーや、テーブルや、特別席や、そして首都の数ある男色クラブのなかでも最も名高い、モン＝ド＝ピエテの、ダンス・フロアを出現させた。なにひとつ欠けたものはないが、この時刻にはまだ、案内人ガブリエルの弟子たちの、場違いないささか常軌を逸した一団によってわずかに活気づけられているだけだ、そして彼らの中心には幼いザジが君臨し、さかんに弁説をふりまいている最中だ。

「外人さん、ちょっとよけてください」連中に向かってガブリエルは言う。

すっかり彼に任せきって、外人たちは新来者たちが真中に這いり込めるよう移動した。混交が行なわれ、〈緑〉はテーブルの端っこに据えられる。向日葵《ひまわり》の種子をあたり一面に蹴散らして彼は満足を表明する。

スコットランド女の装《な》りをした一人の男が、といってもこの店の給仕にすぎないが、鳥をつくづく眺め、声に出して意見を伝える。

「物好きな連中もいるもんだ」堂々ときめつける。「俺は、緑の野原……」

「このオカマでぶめ」テュランドーがやり返す。「てめえのミニスカートがまともだとでも思ってるのか」

「そっとしといてやりな」ガブリエルが言う。「そいつは奴の商売道具なんだ。〈緑〉のことは」スコットランド女に向かってつけ加える。「俺が招《よ》んだのさ、だからお前《めえ》はつべこべ言わずに自分のことだけ考えてりゃいいのさ」

「そのとおり」テュランドーは勝ち誇ったふうにスコットランド女をにらみつけて言う。「そうときまりゃ」つけ加える。「飲み物はなににするね？　シャンパンかい、それとも何だい？」

「シャンパンは必ずとっていただきませんと」スコットランド女が言う。「でなきゃウィスキーをお取り願うか。どんなものかご存じでしょうか」

「なんてことを尋《き》きやがるんだ」テュランドーは怒鳴る。「バーの亭主の俺さまに向かって」

「最初からそうと言やいいのに」スコットランド女は手の甲でミニスカートをはたいて言う。

「さあさあ」とガブリエル。「うちの泡水《あぶくみず》を持って来な」

「何本？」

「値段によるね」とテュランドー。

「だから俺が奢ると言ったろ」とガブリエル。

「お前の利益を守ってやったのさ」とテュランドー。

「財布の底が見えてるもの」バーの亭主の耳をつねって、さっそく遠のきながらスコットランド女が素破抜く。「一グロス持ってくるわ」

「一グロスってなに？」ザジがとつぜん会話に割り込んで尋ねる。

「どっさりってことさ」太っ腹になったガブリエルが説明する。

ザジはやっと新来者に目を向ける。

「ねェ！　タクシーのお人」シャルルに向かって言う。「結婚するんですって？」

「らしいね」シャルルはそっけなく答える。

「とうとう、好みに合った女《ひと》が見つかったのね」

ザジはマドレーヌをよく見るために身を乗り出す。

「この女《ひと》なの？」

「こんちは、お嬢ちゃん」マドレーヌは愛想よく言う。

「オス」とザジ。

マドレーヌを解放してムアック未亡人のほうへ向きなおる。

「この二人」問題の人物を指さしてムアック未亡人に言う。「結婚するのよ」

「まあ！　感激」ムアック未亡人は叫ぶ。「それにしてもあたしのトルースカイヨンは、もしかして何かあったんじゃないかしら、こんな暗い夜ですもの。とにかく（溜息）、自分で選んだ職業だわ（沈黙）。滑稽でしょうね、結婚もしないうちに、また未亡人になったりしたら」

　甲高い笑い声を漏らす。

「何者かね、このいかれ女は？」テュランドーがガブリエルに尋ねる。

「知らないね。昼間から、俺たちの尻にくっついてるんだ、道でひっかけたポリ公と一緒に」

「どいつだ、そのポリは？」

「ちょっと席をはずしてるよ」

「気に入らねェな、そんな連れは」とシャルル。

「違えねェ」とテュランドー。「不潔だ」

「心配いらんさ」とガブリエル。「つまらんことで気を揉みなさんな。ほら、お神酒《みき》がきたぞ。万歳！　たらふく飲んでくれたまえ、友人諸君、外人諸君、それにお前も、可愛い姪よ、そして君たち、いとしの婚約者も。そうだ！　忘れちゃいけねェ、婚約者のことを。婚約者のために乾杯！」

　旅行者たちは、感動して、アピーブールスデー・トゥユーを合唱する、そして何人かのスコットランド人の女ボーイは、胸迫り、マスカラを台無しにしそうな涙を圧し殺す。

次いでガブリエルはストローでグラスを叩いて、一同の注目を獲得したうえで、つまりそれほど彼の威光は絶大だったわけだが、椅子に馬乗りに跨《また》がって、しゃべりだす。

「では、ここにお集まりいただいた紳士並びに淑女諸君、只今よりいよいよそれがしの才能の片鱗をお目に入れることにいたします。かねがねご存じのごとく、なかにははじめてお聞き及びの向きもありましょうが、それがしは舞踏芸術をもっておのれの収入の乳房の主なる房となしおる者であります。だって人間生きていかんわけにはいかんもの、そうじゃろう？　さて何によって生きるか？　諸君にお尋ねしたい。むろん時代の空気を吸って、──たしかにそれも大事だ──だがもっと肝心なものは銭《ぜに》という名のあのしゃぶり甲斐ある骨の髄だ。この芳しく、風味ある、どこにでも生えるしろもの、こいつはいとも簡単に蒸発し去るくせに、少なくともそれがしもそのお仲間である、そのご先祖がアダムと呼ばれ、ご承知のごとく神さまに冷飯をくわされた、この世の搾取される連中の間では、そいつは額に汗してしか得られないのだ。エデンに居候《いそうろう》させたところで、現代人の目と判断よりすれば、それほど物要りとも思えんのに、彼を徒刑地へ送り込み、痩せこけた土地を引っ掻いてグレープ・フルーツを育てさせ、さらにまた女房の無痛分娩を妨害し、蛇どもに尻尾を巻いて退散させたのである。さてくだらぬ話はこれくらいにして。ともかくそれがしはおのれの額の汗で膝に油をさし、つまり楽園《エデン》風に、裸体《アダム》風に、めしを稼いでおる次第だ。いますぐ実地にお目にかけよう、だがくれぐれもご注意！　お取り違いのないように、いまから諸君にお目にかけるのはただのストリップではなく、芸術である！　堂々たる芸術であることを、お忘れなく。ワイセツな想像や下品な野次はつつしんでいただきたい。前口上を終えるにあたって、諸君からいただけるであろう、盛大な、光栄ある喝采を期待して、最初にお礼の言葉を述べておきます。有難う！　有難う！　ほんとうに、有難う！」

そして、不意に独特の身軽さで腰を浮かすと、大男は蝶の飛翔を真似て両手を肩甲骨の後ろで振りながら、何回かアントルシャを行なって見せた。

この彼の才能の片鱗は旅行者たちの間に相当な熱狂をよびさました。

「待ってました。女《ゴー》」彼をはげますために彼らははやし立てた。

「しっかりやれ」テュランドーが喚く、これほど美味《うま》い酒を呑んだのははじめてだったからだ。

「なんてまあ！　騒々しいオカマだこと」スコットランド人のボーイが言う。

この場所《クラブ》とおなじみの遊覧バスから吐き出された、新しい客が幾組にもかたまって繰り込んできた。するとガブリエルは突然、鬱陶しい顔つきになり、席に引き返し坐り込んでしまった。

「上手《うま》く行きませんの、ガブリエルさん？」マドレーヌが優しく尋ねる。

「舞台負けだ」

「弱虫め」シャルルが言う。

「あたしの出番だわ」ザジが言う。

「そいつはごかんべん願いたいね」とテュランドー。

「喋れ、喋れ」〈緑〉が言う。「それだけ取り柄さ」

「タイミングがいいね、この鳥」スコットランド女のボーイが言う。

「気にしちゃだめだ、ガビー」テュランドーが言う。

「客を呑んでかかるのよ」とザジ。

「あたしのためにお願い」ムアック未亡人が科《しな》を作って言う。

「あんたなんか」ガブリエルは言う。「どうでもいいんだ。違うんだ」他の連中に聞かせるためにつけ加える。「ちがうんだ、それだけじゃないんだ（微笑）（沈黙）。マルスリーヌにもぜひ見てもらいたかったんだ、彼女《あれ》にも」

すてきなマルティニック島土人のカロンバ踊りでショーの幕が開くことを場内アナウンスが知らせた。

# 15

マルスリーヌは肱掛椅子で眠り込んでしまっていた。何かが彼女を目覚めさせた。目を瞬《まばた》かせて時間を見、それからは特になんらの結論も引き出さず、そしてやっと、誰かがこっそりドアをノックしているのに気がついた。

彼女はすぐさま明かりを消し、じっとしていた。ガブリエルであるはずはなかった、というのは彼が他の連中といっしょに戻ってくるときは、当然彼らは近所じゅうを目醒めさせるほどの大騒ぎを演じるからだ。警官でもなかった、まだ陽が昇っていなかったから。ガブリエルのへそくりをねらう盗人など、想像しただけでも滑稽だ。

しばらく沈黙がつづいた、やがてその人物は扉の把手を廻しはじめた。なんの効き目もないので、鍵穴をいじくりだした。それがしばらくつづいた。あんまり腕利きじゃないわ、マルスリーヌは独りごちた。扉がついに開いた。

男は直ぐには入らなかった。マルスリーヌは巧みに息をひそめていたので相手に聞こえるはずはなかった。

やっと彼は一歩踏み出した。手探りでスイッチを捜した。それを見つけ出し、玄関に明かりが点《つ》いた。

マルスリーヌは直ちに件の男の輪郭を認めた。それは自称〈払い下げ屋ペドロ〉だった。しかし彼が彼女のいる部屋の電燈を点けたとき、マルスリーヌは間違ったと思った。目の前の男は口髭もサングラスもつけていなかったからだ。

片手に靴を下げて、彼は微笑んでいた。

「こわかったでしょう?」

「ちっとも」おしとやかにマルスリーヌは答えた。

そして、坐り込んで、彼が黙って靴を履き直しているあいだに、彼女は最初の識別が誤りでなかったことを確かめた。それはまさしくガブリエルが階段へ突き落とした男だった。

靴を履きおわると、微笑みを浮かべてもう一度彼はマルスリーヌを見つめた。

「今度は」と言い出した。「グルナディンを一杯頂戴しましょう」

「どうして〈今度は〉ですの?」マルスリーヌは尋ねる、質問の真中の言葉を引用符の中に転がしながら。

「私に見おぼえありませんか?」

マルスリーヌは躊躇《ためら》い、つぎに認める(身振り)。

「こんな時刻に私がなにをしにきたか不思議にお思いでしょう?」

「あなたは優秀な心理学者ですのね。ペドロさん」

「ペドロさん？　どうしてそんなふうにおっしゃるんです、〈ペドロさん〉だなんて？」

〈ペドロさん〉を括弧で飾りながら、たいそういぶかしげに男は尋ねた。

「だって今朝ご自分でそう名乗られたからですわ」おしとやかにマルスリーヌは答える。

「へえ、そうでしたか？」男は無造作に受け流す。「忘れてました」

（沈黙）

「それで？」彼は続ける。「あなたはこんな時刻に私が何をしにきたかお尋《き》きにならないんですか？」

「ええ、尋きませんわ」

「そりゃまずい」と男。「だってグルナディンをご馳走になりにきたと答えるつもりだったんだから」

マルスリーヌは次のような考察を自分に伝えるために黙って自分に語りかける。

「この男はそんな弁解は馬鹿げていると、あたしに言わせたいんだわ、でもその手には乗らないわ、乗るものか」

男はまわりを見渡す。

「あん中に（身振り）入ってるんですか？」

不細工な恰好の食器棚を彼は指し示す。

マルスリーヌが答えないので、彼は肩をすくめ、立ち上がり、その家具を開け、酒壜とグラスを二個取り出す。

「あなたも少しあがりますね？」すすめる。

「眠れなくなりますわ」おしとやかにマルスリーヌは答える。

男は無理にすすめない。自分ひとりだけ呑む。

「まったく不味い酒だ」ついでに指摘する。

マルスリーヌのほうは、なにも口を挟まない。

「みんなまだ帰らないんですね？」話のつぎ穂に男は尋ねる。

「ごらんの通りよ。でなきゃあなたはとっくに階下《した》にいらっしゃるところよ」

「ガブリエラ嬢か」男は夢見るようにもらす（間）。「滑稽だ（間）。じつに滑稽だ」

グラスをあける。

「うへェ」呟く。

再び沈黙があたりを領する。

やっと男は肚をくくる。

「さて」言い出す。「いくつかお尋ねしたいことがあるのですが」

「どうぞ」おしとやかにマルスリーヌは言う。「でもあたしは答えませんことよ」

「そうはいきませんよ」と男。「私はベルタン・ポワレ警部です」

マルスリーヌは吹き出す。

「ほら身分証明書です」いらいらして男は言う。

そして、遠くから、それをマルスリーヌに見せる。

「贋物よ」マルスリーヌはやり返す。「いっぺんにわかりますわ。それに本物の刑事なら、こんな調べ方をしないことくらい心得ていらっしゃるはずよ。探偵小説ひとつ身を入れてお読みになっていないのね、むろんフランス物に限りますけど、そうすればお解りになったでしょうに。これだけであなたは馘《くび》ですわ。押し込み、家宅侵入……」

「そしてたぶんもう一つの侵入罪」

「なんですって？」おしとやかにマルスリーヌは尋ねる。

「まあ聞いてください」男は言いだす。「私はあなたにすっかり参っちまったんです。ひと目見た途端に、自分に向かってこう言いました。『いつかこの女を物にする見込みがなければ、俺はもうこの世に生きている甲斐はないだろう』ってね、そしてさらにこうつけ加えました。『なるたけ早いほうがいい。待てないんだ、俺は、短気な性分で。生れつきだから仕方がない』そこで自分に言い聞かせました。『今夜が、機会《チャンス》だろう、だって彼女は、あの神々しい女性は――あなたのことですよ――巣に独りぼっちになるだろう、あとは家じゅうみんな、あのテュランドーの間抜けも含めて、ガブリエラの踊りを観にモン＝ド＝ピエテに出かけるだろうから』ガブリエラ嬢か！(沈黙)。滑稽だ(沈黙)。じっに滑稽だ」

「どうしてそんなによくご存じなんです？」

「私はベルタン・ポワレ警部だからですよ」

「ホラもいい加減になさい」とつぜん言葉遣いを改めてマルスリーヌは言う。「贋警《ポ》官《リ》だって認めたらどう」

「あなたは警官《ポリ》が――あなた流に言えば――惚れるわけがないときめ込んでなさるんでしょう？」

「じゃあなたはとくべつ出来がわるいのよ」

「それほどしっかり者でない警官だっていますよ」

「でもあなたの場合は、でれでれしすぎよ」

「じゃ、それだけしかお感じにならないんですか、私がこうして打ち明けても？　恋を打ち明けても？」

「まさかあたしがさっそく横になるなんてお思いじゃないでしょう、ご注文どおり」

「私の個性的魅力はかならずあなたを惹きつけずにはおかないでしょう、最終的には」

「まあたいへんな自信ですこと！」

「いまにわかりますよ。すこしお話をすれば、私の魅力が効いてきますよ」

「もし効かなければ？」

「そのときはあなたに襲いかかるまでです。ひと思いにね」

「じゃ、どうぞ。やってごらんなさいよ」

「なあに！　まだたっぷり時間はあります。最後の頼みの綱にこの手段は残しておきますよ、正直いって、自分でもいくらか気がとがめますんでね」

「急がなきゃだめね。ガブリエルがそろそろ帰ってくる時分よ」

「どういたしまして！　今夜は、明け方の六時ですよ」

「可哀想なザジ」おしとやかにマルスリーヌは言う。「すっかり疲れちゃうわ、七時の列車に乗らなきゃならないのに」

「ザジのことなんかどうだってよろしい。小娘なんか、うんざりだ、ギスギスして、ゾーッ。あなたみたいな美しい女性《ひと》がいらっしゃるのに……畜生」

「それでも今朝はつけ廻してらっしゃったわ、あの娘《こ》のあとを」

「そうは言えませんよ。あの娘をここへ連れ戻したのはこの私ですからね。それにあのときはまだ仕事はじめでしてね。でもあなたをひと目みたとたん……」

夜の訪問者はいとも憂わしげにマルスリーヌを見つめ、それからグルナディンの壜を荒っぽくつかみ、その飲み物でグラスを満たし、その中味をあふり、テーブルの上に飲めない部分を置く、まるであばら肉の骨か比目魚《ひらめ》の背骨でも扱うように。「ウェーッ」自分で選んだ、そして普通はウォッカにたいして行なう素早い処置を施した飲み物を呑み下しながら、男は唸る。

粘つく唇を手（左）の甲で拭い、それを皮きりに、彼は予告した魅力の実演にとりかかる。

「私は」こんなふうに言い出す。「私は移り気な性分でしてね。あの田舎出の小娘には、人殺しの話なんぞ聞かされても、さっぱり興味は持てませんでした。それも朝のうちのことですよ。昼からは、たちまち一目で、上流社会の年増女を射止めちゃいました。ムアック男爵夫人てんです。未亡人でね。私に首ったけですよ。いっぺんに、向こうさんの生活はめちゃくちゃです。もっともそのときは交通巡査のすてきな衣装を身につけてましたがね。私はそいつが大好きでしてね。その制服を着て遊ぶんです。あなたには想像もつかんでしょうがね。いちばん楽しいのは、タクシーに笛を吹いて、乗り込むことですよ。ハンドルにしがみついたごきぶり野郎は、蒼くなってふるえ上がる。この手で家まで送らすんです。息せききらしてね、ごきぶり野郎に（沈黙）。たぶん私のことをいや味なやつとお思いでしょう？」

「人好きずきですわ」

「まだ私に魅力を感じませんか？」

「ええ」

ベルタン・ポワレは二、三度咳払いして、それからこんな言葉で続ける。

「あの女に、あの未亡人に出会ったいきさつをお話ししなきゃ」

「どうでもいいことですわ」おしとやかにマルスリーヌは言う。

「とにかく、あの女をモン＝ド＝ピエテにほうり込んできましたよ。私は、ガブリエラのきりきり舞いなんか（ガブリエラか！）、さっぱり興味がない。でもあなたには……あなたには張り切ります」

「まあ！　払い下げ屋のペドロさん、恥ずかしくないんですか？」

「恥ずかい……恥ずかしい……言うは易しですよ。渡り合ってる最中にお上品ですまされますか？　（間）それに、払い下げ屋のペドロと呼ぶのはやめてください。いらいらしますよ。あれは私がその場ででっち上げた名前ですよ、つまりガブリエラ用にね（ガブリエラか！）、でも慣れてないんでね、いちども使ったことがないんで。ぴったりする名前がほかにいくらもあるというのに」

「ベルタン・ポワレみたいに？」

「例えばね。ほかにまだ警官の服装をするときに採用するやつもありますよ（沈黙）」

心配げな顔をする。

「Je me vêts（服装をする）」不安げに繰りかえす。「間違ってませんね、Je me vêts という言い方は？ Je m'en vais（ずらかる）は、たしかだ、でも、Je me vêts のほうは？ どう思いますね、私のべっぴんさん」

「そうね、ずらかってちょうだい」

「もうとうその気はありませんね。さてと、警官の服装をするときに……」

「変装をするときでしょう……」

「とんでもない！ まるで違う!! 変装じゃありません!!! 私が本物の警官でないなんてだれが言ったんです？」

マルスリーヌは肩をすくめる。

「じゃ、vêtez-vous（服装をなさい）」

「Vêtissez-vousでしょう、べっぴんさん。正しい言い方は、Vêtissez-vous だよ」

マルスリーヌは吹き出す。

「Vêtissez-vous! Vêtissez-vous! ですって！ だめね。正しい言い方は、Vêtez-vous! よ」

「納得しかねますね」

機嫌を損じた様子だ。

「辞書を引いてごらんなさい」

「辞書だって？　辞書を持ち歩いてるわけがないでしょう。家にも置いてないのに。本なぞ読んでる暇があると思うんですか。この忙しい身で」

「あそこにあるわ（身振り）」

「ほーう」感にたえたように言う。「おまけにインテリときている」が動こうとはしない。

「あたしに取りに行けとおっしゃるの？」おしとやかにマルスリーヌは尋ねる。

「いや、j'y vêts」

疑ぐり深く、マルスリーヌから目を離さないように努めながら彼は棚の上の本を取りに行く。そして、本を携えて戻ると、慣れない手つきでそれを調べにかかり、その作業にすっかり気を奪われる。

「さてと… vésubie … vésuve … vetter … véturie, mère de Coriolan … 出てないぞ」

「赤いページ（引用語字典の部分）の前を見なきゃだめよ」

「いったいなにが載ってんだ、赤いページには？　ワイセツな言葉だろう、どうせ……やっぱりそうだ、ラテン語になっとる……《fèr' ghiss ma-inn nich't, veritas odium ponit, victis honos…》やっぱり出てない」

「言ったでしょ、赤いページの前だって」

「ちぇっ、ややこしいな…あァ！　やっと、だれでも知ってる言葉が出てきたぞ…

vestalat（処女）… vésulien（最低）… vétilleux（こせこせ）…euse（した女）…あった！ これだ！ おまけにページのいちばん上に出てるぞ。Vêtir. アクサン・シルコンなんとかまでついとる。そう、vétir だ。Je vêts …ほら、さっきの私の言い廻しは正しかったのだ。Tu vêts, il vêt, nous vêtons, vous vêtez（君は着る、彼は着る、我々は着る貴方は着る）… vous vêtir …でも本当だ…vous vêtez …おかしいな…じつにおかしい…よし…じゃ dévêtir（脱ぐ）はどうかな？… dévêtir を見よう…ええと… déversement（傾斜）…déversoir（はけ口）…dévêtir …あったぞ。脱ぐ。着ると同様に活用するか。すると dévêtez-vous（脱ぎたまえ）と言うんだな。よし」彼はだしぬけに叫びだす。

「よし、べっぴんさん、脱ぐんだ！ 大急ぎで、すっかり！ ぜんぶ！」

目は血走っていた。マルスリーヌがいつの間にか完全に姿を消してしまっていたから、なおさらもって。

雨樋を伝って、片手にトランクをぶら下げ、壁に沿って易々と移動し、わずか三メートルばかり跳びおりるだけで、彼女は旅程を終えた。通りの曲り角に彼女の姿は消えた。

## 16

トルースカイヨンはまたポリ公の制服を着込んでいた。モン＝ド＝ピエテから遠くない小さな広場で、彼は、浮かぬ顔で、その店が閉まるのを待っていた。憂鬱そうに（見たところ）地下鉄の通気孔の金網の上で眠っている浮浪者たちを眺めていた。連中はその入口が配給する、それにストライキをもってしても冷やしきれなかった南方的熱気を味わいつつあるところだった。しばらく彼は、こんな調子で人事の儚《はかな》さについて、二十日鼠の場合と同じく目標に達しえぬ類人猿の企てについて冥想し、ついで妬みだすのだった——といっても、ほんのちょっとの間だけ——これら落伍者たちの境遇を、落伍者であるにせよ、ともかく社会的隷属と世俗的契約によって縛られないこの連中を。トルースカイヨンは溜息をついた。

いっそうひどい啜り泣きが彼に木魂を返し、そのためトルースカイヨン風夢想はかき乱される。何だ、何だ、何だ、今度はポリ公の制服を着込み、綿密な目で物陰を一巡してトルースカイヨン風夢想は独りごちる、そしてベンチに黙って坐っている一人の男の人格のうちに騒音干渉の源を発見する。トルースカイヨンは慣例の警戒を怠らずにその男に近づく。浮浪者たちは、他人の足音には慣れており、平気で眠り続けている。

その男は居眠りしている様子だった。それはトルースカイヨンを安心させはしなかった、けれどもこんな言葉で彼に語りかけるのを妨げはしなかった。

「こんなところで何をしてるんです？　この夜更けに？」

「あんたに関係がありますかね？」姓氏不詳の男は答える。

トルースカイヨンのほうもこの質問を発しながら同じ質問を自分に課したところだった。そう、それが彼になんの関係があるのか？　それを要求したのは職業、見せかけの職業だった、けれどもマルスリーヌを見失って以来、ややもすると彼は自分の行動の皮革を己が欲求の精液に浸してやわらげる傾向を示すのだった。この有害な性癖と戦いながら、こんなふうに彼は会話を続けた。

「ああ、関係あるね」

「じゃ」と男。「それなら、話は別だ」

「じゃ先きほど私があなたに向かって発した（j'énonça）質問を改めて行なっていいとお認めですな？」

「J'énonçai でしょう」無名氏は言う。

「J'énonçais」とトルースカイヨン。

「J'énonçai. S《エス》はいらない」

「J'énonçai」やっとトルースカイヨンは言う。「ああ！　文法は苦手だ。さっきもそれでひどい目にあったばかりだ。よそう。それで？」

「それで何だい？」

「私の質問さ」

「それが」相手は言う。「忘れちまったよ。だいぶ経つから」

「じゃ、もういっぺん言い直せというのか？」

「らしいね」

「やれやれ」

トルースカイヨンは溜息をつくのを差し控えた。対話者からの反応を恐れて。

「さあ」相手は親身になって言う。「もうひと踏ん張り」

トルースカイヨンはいかめしい顔付きになる。

「氏名、生年月日、出生地、社会保障登録番号、銀行口座番号、貯金通帳、家賃受取り証、水道ガス電気料金領収証、地下鉄定期、バス定期、冷蔵庫保証書、鍵束、食料品チケット、通行証、法王勅書、一切合財、証拠品を四の五の言わずに差し出すんだ。車のほうは大目に見ておく、車検証、安全燈、運転免状、その他いろいろ、どれもお前さんの懐にあるわけはないからな」

「おまわりさん、あそこに観光バスが（身振り）見えますね？」

「ああ」

「あっしでさ、運転してるのは」

「ええ！」

「その調子じゃ、どうも、お前さんあんまり有能なほうじゃないね。

「まだあっしが解らんかね？」

トルースカイヨンは、いくらか安心して、男の傍へ寄って腰をおろす。

「構《かま》わないかい？」尋ねる。

「どうぞ」

「規則からいくと感心しないんだがね」

（沈黙）

「そういや」トルースカイヨンは続ける。「規則からいきゃ、今日は脱線の連続さ」

「手こずったのかね？」

「大手こずりさ」

（沈黙）

トルースカイヨンはつけ加える。

「女どものせいさ」

（沈黙）

トルースカイヨンはつづける。

「……私の悩みを聞いてほしいんだ……切実な悩みなんだ……まあ言や、愚痴みたいなもんだがね……とにかくちょっと話がしたいんだ……」

（沈黙）

「いいとも」フェドール・バラノヴィッチは答える。

蚊が一匹街燈の円錐形の薄バカ明かりの中を飛び廻っていた。新しい皮膚を刺す前に体を温《ぬく》めたかったのだ。それに成功した。黒こげになったその体は黄色いアスファルトの上にゆっくり墜落していった。

「早くはじめなさいよ」フェドール・バラノヴィッチが言う。「でなきゃこっちが喋るからね」

「いや、いや」とトルースカイヨン。「もう少し私のことを喋らせてくれ」

獰猛な鎌みたいな爪で頭髪の植わった皮を引っ掻いてから、ぬかりなく客観性とさらに威厳の色合いを添え、彼は言葉を口にする。それなる言葉を紹介すれば。

「少年時代についても青年時代についてもとり立ててお話しすることはない。学校の話はやめにしよう、経験がないんでね、それに教養の話も控えたいね、あまり持ち合わせがないんでね。この問題は、これですんだと。さて次は軍隊時代だが、これもべつだんこだわるほどのことはない。若い頃からずっと独身でとおし、裸一貫で今日までやってきた」

話を途切らせて物思いにふけりだした。

「さあ、続けろよ」フェドール・バラノヴィッチが言う。「でなきゃ俺が始めるからね」

「まったく」トルースカイヨンは言う。「うまく行かないよ……どれもこれも今朝出会った（que je rencontra）女のせいだ」

「Que je rencontrai だよ」

「Que je rencontrais」

「Que je rencontrai. S《エス》はいらないよ」

「Que je rencontrai」

「あの年増女かい、ガブリエルが引きずってる？」

「いや、いや、違う！　あれじゃない。それにあの女は、期待はずれだ。私を仕事に追いやるんだから、くそ面白くもない仕事に、名残り惜しい素振りひとつ見せずに、あいつがやりたいことは、ガブリエラの踊りを見ることだけさ。ガブリエラか……滑稽だ……じつに滑稽だ」

「その通り」フェドール・バラノヴィッチは言う。「パリじゅうの盛り場を隅から隅まで探したってガブリエルの出し物に匹敵するものは見当たらんさ。この都会の夜の世界《バイ・ナイト》についちゃ、ちょっとはくわしいほうだがね」

「うらやましいことさ」トルースカイヨンは上《うわ》の空で言う。「だけどあんまり何度も見すぎたんで、ガブリエルの出し物のことさ、今じゃ食傷気味だがね、じつがとこは。おまけに、変わらないときてるんでね。芸術家ってもんは、お前さんはどう思うか知らないが、とかくそうなんだ。一度手を見《め》つけると、そいつをとことんまで掘り下げるんだ。みんないくらかそんなふうなところがあるのさ、それぞれの分野でね」

「私は違うね」トルースカイヨンはあっさり言う。「私は、自分の手を、しょっちゅう変えてるよ」

「まだこれというやつを見《め》つけてねェからさ。つまりあんたは自分を捜してるのさ。だけどいっぺん目立った成績をあげりゃ、そいつにしがみつくにきまってるよ。これまでお前さんのあげた成績なんて、どうせ冴えねえにきまってるよ。自分をとっくり見てみることだね。しょぼくれてるよ」

「制服を着ててもかい？」

「ちょっとも引き立たないね」

打ちのめされ、トルースカイヨンは黙り込む。

「ところで」フェドール・バラノヴィッチは続ける。「こいつはいったいなんの真似かね?」

「よくわからん。ムアック夫人を待ってるんだ」

「なるほど、俺のほうは、間抜けどもを待ってるだけさ、奴らの宿まで連れ戻すためにね、朝っぱらから奴らは古代の胸壁のジブラルタルへ出発しなきゃならないんだ。スケジュールでね」

「うらやましい話だ」トルースカイヨンは上の空で呟く。

フェドール・バラノヴィッチは肩をすくめただけで、この感想を黙って聞きのがす。そのとき騒々しい人声が聞こえた。モン＝ド＝ピエテが閉店しだしたのだ。

「だいぶ待たされたな」フェドール・バラノヴィッチが言う。

彼は立ち上がり、自分の観光バスのほうへ向かう。そのまま立ち去る、挨拶もなく。トルースカイヨンもつづいて立ち上がる。ためらう。浮浪者たちは眠りつづけている。さきほどの蚊も死んでしまった。

フェドール・バラノヴィッチは彼の仔羊たちを集めるために警笛を鳴らす。連中は自分たちが過ごした楽しい、素敵な宵を祝い合い、原住民語でそのことを伝えようとわれ勝ちに片言をわめきちらす。互いにさよならを告げる。女性連はガブリエルに接吻したがり、男性たちは尻ごみする。

「もすこしお静かに願います」海軍提督が言う。

旅行者たちはぽつりぽつりバスに乗り込む。フェドール・バラノヴィッチは欠伸《あくび》をする。

テュランドーの腕の先きの、籠の中で〈緑〉は眠り込んでいた。ザジは健気にも耐えている。

〈緑〉の真似なんかするものか。シャルルは自分のタクシーを取りに行く。

「どうしてたの、不良さん」トルースカイヨンがやってくるのを見てムアック未亡人が言う。「さぞお楽しみだったでしょ?」

「なあに、たいして」トルースカイヨンは言う。

「こちらは、とっても楽しかったわ。この方《かた》ったらすごく面白いんですもの」

「ありがとう」とガブリエル。「だけど芸術だってことをお忘れなく。おかしいだけでなく、芸術なんですから」

「なかなか来ないな、奴のタクシーは」テュランドーが言う。

「こいつも楽しんでましたか?」翼の下に嘴を突っ込んでいる鳥を見つめながら海軍提督が尋ねる。

「こいつの想い出に残るだろうよ」テュランドーが言う。

最後の旅行者たちが座席に戻った。彼らは絵葉書を寄越すだろう(身振り)。

「ホー、ホー!」ガブリエルが叫ぶ。「アディオス・アミゴス、チャオ、じゃあまた……」

そして観光バスは満悦した外人たちを載せて遠ざかる。この日のうちに、早い時間に、彼らは古代の胸壁のジブラルタルへ向かって出立するだろう。それが彼らのスケジュールだ。

シャルルのタクシーがやってきて、歩道に横づけになる。

「ぜんぶは乗れないわ」ザジが指摘する。

「構わんさ」とガブリエル。「これからオニオン・スープを飲みに行くんだ」

「結構」シャルルが言う。「俺は帰るよ」

同じふうに素気なく。

「じゃ、マド、行くか？」

マドレーヌは乗り込み、未来の夫の傍に坐る。

「さよなら皆さん」前の座席から彼女は叫ぶ。「ありがとう、楽し……ありがとう、素敵……」

が後は聞こえない。タクシーはすでに遠ざかってしまった。

「これがアメリカなら」ガブリエルが言う。「米粒をふりかけるところだね」

「昔の映画で見たんでしょう」ザジが言う。「今時は前みたいに結婚へゴールインしないわ。あたしは、みんなくたばっちまえば愉快だわ」

「わたしは米粒のほうが好きよ」ムアック未亡人が言う。

「あなたなんかお呼びじゃないわ」ザジがやり返す。

「お嬢さん」トルースカイヨンが言う。「もっとお行儀よくしなきゃいかんね、目上の人には」

「すてきだわ、わたしを庇《かば》ってくださるなんて」ムアック未亡人が言う。

「行こう」とガブリエル。『昼盲症溜り《オー・ニクタローブ》』へ案内するよ。あそこがいちばん顔がきくんだ」

ムアック未亡人とトルースカイヨンは一行に従う。

「見た？」ザジがガブリエルに言う。「年増とポリ公があたしたちにへばりついてるわよ」

「とめるわけにはいかんよ」とガブリエル。「奴らの勝手さ」

「にらみをきかせられないの？　むしずが走るわ」

「もっと他人にやさしくしなきゃいかんよ」

「ポリだって」全部聞きつけてムアック未亡人が言う。「やっぱり人間よ」

「私がおごりますよ」トルースカイヨンがおずおずと言い出す。

「そうは」とガブリエル。「させんよ。今夜のところは、俺のおごりだ」

「ちょっとだけでも」と哀願するような声でトルースカイヨンが言う。「ミュスカデなりと。私に賄える範囲で」

「持参金に手をつけなさんな」とガブリエル。「俺は違うんだから」

「とにかく」とテュランドー。「お前さんがおごるわけにはいかんよ。自分がポリだってことを忘れてるね。俺も水商売だがね、ポリ公が一杯飲ませに連れてきてもお断わりだね」

「お前さんたちも目が効かないね」とグリドゥー。「こいつがわからないのかい？ 今朝の痴漢だぜ」

ガブリエルは彼をもっと丁寧に調べるために身を乗り出す。みんなは、ザジまでも、すっかり驚き、かつ憤慨して、検査の結果を待ち受ける。トルースカイヨンは、用心深く沈黙を保つ。

「口髭はどうしたんだ？」静かだが恐ろしい声でガブリエルは彼に尋ねる。

「手荒なことはなさらないで」ムアック未亡人が言う。

片手で、ガブリエルはトルースカイヨンの上着の折り返しをつかみ、調査を完璧にするために街燈の下へ連れて行く。

「さあ」と彼。「口髭はどうした？」

「家に置いてきたよ」とトルースカイヨン。

「それよりお前はポリだってのは本当か？」

「違う、違う」トルースカイヨンは叫ぶ。「変装だよ……ただの冗談だよ……座興だよ……あんたの短いスカートみたいなものさ……同じこ、つだよ……」

「その拳骨とやらを喰らわしてやんな」グリドゥーが洒落《しゃれ》のめす。

「ほんとに手荒なことはなさらないで」ムアック未亡人が言う。

「釈明を聞こう」苛立ちをおさえてテュランドーが言う。

「喋れ、喋れ……」元気のない声で〈緑〉が言う、そしてまた眠り込む。

ザジは口をきかない。事件についていけず、眠気に圧倒され、彼女は同時に情況と自分の威厳とに相応しい態度を見つけ出そうと努めていた、だけどうまく行かなかった。

トルースカイヨンを街燈の柱に沿って持ち上げながら、ガブリエルはもう一度彼を黙って見つめ、おだやかに下ろし、こんな言葉で話しかけた。

「それになんだって俺たちの後をつけたりするんだ、こんなふうに？」

「彼がつけてるのはあなた方じゃありませんわ」ムアック未亡人が言う。「わたしよ」

「その通りさ」とトルースカイヨン。「あんたは多分お分りにならんだろうが……男はムスメに首ったけになると……」

「なんの（まあうれしい）あてこすりだ（わたしのことを）俺に聞かせるつもりだな（娘だなんて）」同時に、ガブリエル（とムアック未亡人）が言う、一方は憤激をこめ

（もう一方は情熱をこめて）。

「このトンマめ」婦人のほうを振り向いてガブリエルは続ける。「こいつは自分のしたことをあんたにすっかり打ち明けてないんだ」

「その暇がなかったのさ」トルースカイヨンは言う。

「こいつはいやらしい痴漢なんだ」とガブリエル。「今朝、こいつは小娘を家までつけまわしたんだ。けがらわしい」

「そんなことしたの？」色を失ってムアック未亡人は尋ねる。

「まだあなたを知らなかったんでね」とトルースカイヨン。

「白状したわ！」ムアック未亡人がわめく。

「白状したぞ！」テュランドーとグリドゥーがわめく。

「ああ！　白状したな！」ガブリエルがちからを込めて言う。

「ご勘弁を！」トルースカイヨンは叫ぶ。「ご勘弁を！」

「ろくでなし！」ムアック未亡人が怒鳴りつける。

これらのかまびすしい叫び声は暗がりから二人の自転車に乗った警官を出現させる。

「夜間騒音だ」二人の自転車警官はがなり立てる。「屋外集会、安眠妨害、深夜散財、現行犯だ」二人の自転車警官はがなり立てる。

ガブリエルは、用心し、トルースカイヨンの上着の折り返しをつかむのをやめる。

「待て」トルースカイヨンは最高の勇気を発揮して叫ぶ。「待て、私が目に入らんのか？　私の制服をよく見ろ。私は警察官だ、私の翼を見ろ」

そう言って短外套《マント》を揺すって見せる。

「どこから来たんだ、お前は」会話を切り出す資格のある自転車警官が言う。「この辺じゃ見かけん面《つら》だな」

「かもしれん」まともな作家なら無法としか形容しようのないずぶとさでトルースカイヨンは答える。「かもしれん、それでも私は警官であることに変わりないんだ」

「じゃ他《ほか》のやつらも」ぬかりなく自転車警官は言う。「こいつらも（身振り）、みな警官かい？」

「じゃないと言いたいんだろ。だけどみんなヒソップ（唇形科植物）みたいにおとなしい連中だ」

「あんまり堅気《カトリック》には見えんがね」さきほどから喋っている自転車警官が言う。

もう一人は顔を顰《しか》めるだけにとどめる。見られた面《つら》じゃない。

「これでもちゃんと初聖体を授かっとるよ」トルースカイヨンはやり返す。

「そうら警察官らしくないことを言いだしたぞ」喋りつづけているほうの自転車警官が叫ぶ。

「坊主と白い棍棒《バトン》はぐるだなんて言いふらしてるアジビラにお前さんはだいぶかぶれ

とるみたいだな。だけど、よくおぼえておきな（そしてみんなに向かって）、坊主なんて、警察にとっちゃこれでもくらえだ（身振り）」

その身振りはあんまり歓迎されなかった、卑屈なお世辞笑いを浮かべたテュランドーひとりをのぞいて。ガブリエルははっきり肩をすくめた。

「お前さん」喋りつづけているほうの自転車警官が彼にむかって言う。「お前さん、匂うね（間）、マヨラナだな」

「マヨラナだと」ガブリエルは憐れな奴といわんばかりに叫ぶ。「フィオール製のバルブーズだよ」

「へェ！」信じられない様子でその自転車警官は言う。「どれどれ」

近寄ってガブリエルの上着を嗅ぐ。

「本当だ」さっそく彼はおおむね納得したみたいに言う。「まあ見てみろよ」同僚のためにつけ加える。

今度はもう一方がガブリエルの上着を嗅ぎはじめた。

彼はうなずく。

「しかし」喋り方を知っているほうが言う。「まだ納得できんね。やっぱりマヨラナの匂いだ」

「こんな間抜けになにがわかるの」欠伸しながらザジが言う。

「へえっ」喋り方を知っている自転車警官が言う。「聞いたかい、部下？　こいつは侮辱すれすれだね」

「すれすれじゃないわ」ザジは気だるげに言い返す。「そのものズバリよ」

ガブリエルとグリドゥーは腹の皮をよじらせる。ザジは彼らの使用の便宜のためにつけ加える。

「これもヴェルモー将軍の回想録で見つけたのよ」

「まちがいない」と自転車警官。「この小娘は俺たちを馬鹿にしとる、マヨラナの男もそうだ」

「違うったら」とガブリエル。「なんべん言やわかるんだ、フィオール製のバルブーズだ」

　今度はムアック未亡人が近寄って匂いを嗅ぐ。

「その通りよ」二人の自転車警官に向かって言う。

「あんたはお呼びじゃないよ」喋り方を知らないほうが言う。

「そう、そのとおりよ」ザジが呟く。「さっきこの女《ひと》に言ったとこよ」

「差し出がましいようだが貴婦人《レディ》にはもうすこし丁重に振舞うべきでしょう」トルースカイヨンが口を出す。

「お前は」喋り方を知ってる自転車警官がやり返す。「あんまり目立たんようにしてるほうが身のためじゃないかね」

「差し出がましいようだが」トルースカイヨンは勇敢に繰り返し、その勇気はムアック未亡人を感動させる。

「おとなしく寝に帰ったほうが身のためじゃないかね？」

「ア、ハ、ハ！」とザジ。

「身分証明書を見せろ」喋り方を知っている自転車警官がトルースカイヨンに言う。

「こんなことはじめてだわ」とムアック未亡人。

「婆さん、お前は黙ってな」喋り方を知らないほうの自転車警官が言う。

「ア、ハ、ハ！」とザジ。

「失礼じゃないか、貴婦人《レディ》に向かって」向こうみずになったトルースカイヨンが言う。

「また偽ポリが口を出したな」喋り方を知っているほうの自転車警官が言う。「お前の身分証明書だ」どなりつける。「早くせんか」

「お笑いだわ」とザジ。

「すこし酷すぎやせんか」トルースカイヨンが言う。「私にだけ身分証明書を要求して、この人たちには（身振り）何も要求せんとは」

「なんだと」とガブリエル。「余計なことを言うな」

「このクズ野郎」とグリドゥー。

だが自転車警官たちは考えを変えない。

「お前の身分証明書だ」喋り方を知っているほうがどなりつづける。

「夜間騒音だ」そのとき、こちらのほうはさらに囚人護送車を備えつけた、別の警官隊が、いっそう大声でどなり立てた。「屋外集会、安眠妨害、深夜散財、現行犯だ……」

完璧な勘で、彼らは責任者を嗅ぎつけ、躊躇せずにトルースカイヨンと二人の自転車警官を護送車に積み込む。たちまち一行の姿は消えてしまった。

「やっぱり正義はあるもんだ」とガブリエル。

ムアック未亡人のほうは、悲嘆にくれている。

「泣くんじゃないよ」彼女にむかってガブリエルは言う。「ちょっと食わせもんだね、あんたの恋人《いろ》は。それにやりきれないよ、ああつけ廻されちゃ。さあ、いっしょにオニオン・スープでも飲みに行こう。やさしくなだめて、寝かせてくれるオニオン・スープを」

## 17

涙がひとしずく熱い焼パンの上に落ち、そのまま蒸発した。

「さあさあ」ガブリエルはムアック未亡人に言った。「元気を出して。禍《わざわい》転じて福となる。あんたみたいに野暮ったいと、また碌《ろく》でなし野郎に引っかかっちまうよ」

彼女は溜息をつく、自信なげに。焼パンが匙の中へ辷り込み、それを未亡人は、湯気の立ったまま、自分の食道へほうり込む。彼女は火傷をする。

「ほうら消防士だ」ガブリエルが彼女に言う。

そしてもういちど彼女のグラスを満たす。ムアックが一口頬ばるごとに、その調子で辛口のミュスカデ酒が流し込まれる。

ザジは眠りの国で〈緑〉と一緒になっていた。グリドゥーとテュランドーは黙々と粉チーズの糸を相手に闘っている。

「どうだ美味いだろう」彼らにガブリエルは言う。「このオニオン・スープは。お前さんのほうはまるで（身振り）靴底をほうり込んだみたいじゃないか、それにお前さんも（身振り）流しの水をぶちまけたみたいだな。だけどそこんとこがまたいいのさ。ざっくばらんで、自然なとこがね。要するに、混ぜ物なしさ」

他の連中は肯定する、が意見は加えない。

「おい、ザジ、スープはいらないのかい？」

「眠らせておきなさいよ」ムアック未亡人が元気の失せた声で言う。「夢を見させてやりなさいよ」

ザジは片目をあける。

「あら」と言う。「まだいるわ、この皺くちゃ婆」

「不幸な人間には同情しなきゃ」ガブリエルが言う。

「あなたほんとにご親切ね」とムアック未亡人。「この娘《こ》みたいじゃないわ（身振り）。子供って、みんなこうよ。情知らずだわ」

グラスを呑み干し、ガブリエルにもういちど満たしてほしいと身振りで切願する。

「なにを世迷いごと言ってるの」ザジが元気のない声で言う。

「フン」ガブリエルは言う。「気にせんことさ。ねェ？」当事者のためにつけ加える。

「まあ、ご親切ね、あなた」相手は言う。「この娘みたいじゃないわ。子供って、みんなこうよ。情知らずだわ」

「この女いつまでわめき立てるつもりかね」うまくいった嘸下を利用してテュランドーがガブリエルに尋ねる。

「つめたい奴だな、お前も」ガブリエルは答える。「悲しい胸のうちを察してやんな、がっくりきてるんだ」

「ありがとう」ムアック未亡人が感激して言う。

「どういたしまして」とガブリエル。

「それで、このオニオン・スープだがね、まさしく画期的発明だね」

「こいつ」食い終わって、まだ陶器にへばりついているチーズを平らげようと力一杯皿の底を引っ掻きながら、グリドゥーが尋ねる。「こいつだけのことかい、それともオニオン・スープ一般のことかね？」

「一般さ」ガブリエルはきっぱり答える。「俺は一般的なことしか言わんさ。中途半端はきらいだ」

「なるほどね」同じくパテを食べ終わったテュランドーが言う。「なにもわざわざむずかしく言うことあねェよ。例えばこういうのとおんなじさ、ミュスカデが残り少なくなりつつある、婆さんががぶ飲みしゃがるからだ」

「だって不味《まず》くないもの」間のぬけた微笑を浮かべてムアック未亡人が言う。「わたしだって、一般的な話くらいできるわよ、しようと思えば」

「喋れ、喋れ」みんなにまた自分にも解らない原因からはね起きて〈緑〉が言う。

「それだけ取り柄さ」

「もう満腹」自分の分を押しやりながらザジが言う。

「待った」勢いよくその皿を自分の前に引き寄せながらガブリエルは言う。「俺が平らげてやる。ミュスカデを二本と、グルナディンを一本頼む」辺りをうろちょろしている給仕に向かって彼はつけ加える。「そうだこいつのことを（身振り）、忘れていた。こいつもたぶんなにかかじるだろう？」

「おい〈緑〉」テュランドーが言う。「腹が減ってるか？」

「喋れ、喋れ」〈緑〉は答える。「それだけ取り柄さ」

「そいつは」とグリドゥー。「イエスという意味だぜ」

「お前さんから教えられなくたって、こいつの言うことはわかるさ」テュランドーが憤然としてやり返す。

「そんなつもりじゃないよ」とグリドゥー。

「言ったことにはかわりないわ」ムアック未亡人が口をはさむ。

「けしかけるんじゃないよ」とガブリエル。

「解ったな」テュランドーはグリドゥーに言う。「お前に解ることは俺にだって解るんだ。とくべつ間抜けじゃねえからな」

「わしと同じくらい解るんなら」とグリドゥー。「お前さんは見かけほど間抜けじゃねェってことさ」

「見かけという点では」ムアック未亡人が言う。「そう見えるわね」

「どあつかましい女だ」とテュランドー。「俺をなめてやがる」

「つまり威厳がないからさ」とグリドゥー。「どこの馬の骨だってお前さんのその面《つら》を見りゃつばの一つも吐きかけたくなるさ。わしにはそうはできんだろうがね、この女だって」

「男ってみんなアホウよ」ムアック未亡人が突然勢い込んで言う。「あんたも含めてね」グリドゥーのためにつけ加える。

たちまち彼女は頬っぺたに一発平手打ちを喰らわされる。

彼女も劣らず素早くお返しする。

だがグリドゥーはもう一発準備しており、それがムアックの面《つら》で鳴り響いた。

「やったぞ！」テュランドーが喚き立てる。

そして『白鳥の死』を演ずるガブリエラ嬢の下手くそな真似をして、テーブルの間を跳ね廻りだした。

ザジは、また、眠り込んでしまっていた。〈緑〉は、おそらく腹癒せのつもりだろう、ほやほやの排泄物を籠の外へ投げとばすことにかかっている。

その間もグリドゥーとムアック未亡人の間を平手打ちが頻繁に往復し、そしてテュランドーが足と足をすりつけて歩こうと苦心しているのを見てガブリエルは腹をかかえて笑う。

だがそれらはどれもこれも『昼盲症溜り』の給仕たちの趣味にあわなかった。彼らの中でその種の離れ技を専門にする二人が突然それぞれテュランドーの片腕をひっつかまえ、威勢よく挟み打ちにし、あっという間に外へ連れ出し、アスファルトの車道に放り出し、朝まだきのひんやりした薄墨色の空気の中を流す何台かのタクシーの動きを通せんぼうした。

「文句があるのか」ガブリエルが怒鳴りつける。「文句があるのか。よし！」

立ち上がると彼は、家政的業務のほうへ満足して戻っていく二人の給仕をひっ捕え、彼らの頭を思いきり見事に鉢合わせさせたので、二人のキザ男は折り重なって崩おれる。

「万歳！」声を合わせてグリドゥーとムアック未亡人は叫び、申し合わせたように、お互いのやり取りを中断する。

喧嘩の場数を踏んでいる三人目の給仕が、電撃作戦で勝利を収めようと企てる。サイフォン瓶を手にとり、その大槌で彼はガブリエルの頭を鳴り響かせようとする。だがグリドゥーがその反撃を察知する。負けず劣らず硬い、もう一つのサイフォン瓶が、振り上げられ、その軌道の終点で、狡猾漢の才槌頭に被害を見舞いに訪れる。

「こん畜生！」テュランドーはぼやくと、とくべつ早起きな何台かの夜行自動車のブレーキを犠牲に車道の上で身体の均衡を取り戻し、闘争意欲を剝き出しにして、再び酒場の中へ突入する。

今やいたる所から給仕の大群が現われ出した。これほどいたとは到底信じられないくらいだ。調理場から、地下室から、事務室から、貯蔵室からゾロゾロやってきた。彼らの密集部隊はグリドゥーを、次いで彼らの只中に突撃したテュランドーをその中に呑み込んでしまった。だがガブリエルをそう簡単に降伏させることはできなかった。蟻の縦隊に攻撃された甲虫さながら、蛭の大群に襲われた牡牛さながら、ガブリエルは身を揺す振り、鼻息荒く、跳ね廻り、四方八方に人間砲弾を発射し、その砲弾はテーブルや椅子を粉砕しに、あるいは客の足の間へ転がりにいく。

この喧嘩騒ぎでやっとザジは目を覚ました。水商売の番犬群に襲われた伯父の姿を見つけると、彼女は喚き立てる。「頑張って、伯父さん！」そして食卓用栓付壜をつかんで、盲滅法その大乱闘の中へ投げ込む。フランス娘にあっては軍人精神はかくも壮《さか》んなものである。その手本を見倣って、ムアック未亡人は灰皿を回りに撒き散らす。模倣精神は才乏しき者にまでかくもさまざまな事柄を為し能わしむるものである。そのときすさまじい破壊音が聞こえた。ガブリエルが食器の中に倒れ込んだところだ、猛り狂った七人の給仕と、与《くみ》した五人の客と、そして癲癇病みを一人《ひとり》残骸の中へ引きずり込みながら。

同時に立ち上がると、ザジとムアック未亡人はおが屑と陶器の中で蠢《うごめ》いている人間粥に近づく。サイフォン瓶の何発かの正確な命中が抗争から頭蓋骨の弱い人間を何名か篩《ふる》い落とした。おかげで、ガブリエルは再び立ち上がり、いわば敵兵によって作られたカーテンを引き裂き、床に伸びたグリドゥーとテュランドーの惨状を同時に暴き出すことができた。女性救護班によってソーダ水が何本か彼らの面《つら》にぶっかけられ、彼らに正気を取り戻させた。あとは、勝敗は目に見えていた。

熱意のない、それとも関心のない客はこっそり姿をくらますいっぽう、奮闘派と給仕連は、息を切らし、ガブリエルの容赦ない拳固と、グリドゥーの必殺の唐手さばきと、テュランドーの有毒な足蹴のもとに、つぎつぎとなぎ倒される。皺くちゃにされると、ザジとムアックが連中を『昼盲症溜り』の床面から抹殺し、歩道まで引きずって行く、そこでは篤志家たちが、たんなる親切心から、彼らを山のように盛り上げる。ただ独り〈緑〉だけが、戦《いく》さの最初からスープ鉢のかけらで痛ましくも会陰《えいん》に傷を負い、大殺戮に加わらなかった。籠の底に横たわって、呻きながら呟いていた、『素敵な夜、素敵な夜』外傷が原因で、レコードを取り換えたのだ。

彼の助太刀はなくても、間もなく勝利は全うされた。

最後の敵が取り除かれると、ガブリエルは満足げに揉手をして、言った。

「じゃ、クリーム・コーヒーでも飲むか」

「そりゃいい」そう言うとテュランドーは、あとの四人が肱をついているカウンターの向こう側に廻った。

「ところで〈緑〉はどうしたかな？」

テュランドーが捜しに行くと、生き物はあいかわらず不機嫌に喚き立てていた。それを彼は籠の中から出し、彼の可愛い緑色の雌鶏と呼びかけながら愛撫する。〈緑〉

は機嫌を直し彼に答える。

「喋れ、喋れ、それだけ取り柄さ」

「なるほど、違いねェ」とガブリエル。「それでクリームはまだかい？」

安心して、テュランドーは鸚鵡を籠にもどし、機械に近づく。それを動かそうとする、だが、その型を扱ったことがなく、たちまち片手に火傷をする。

「ウイ、ウイ、ウイ」間の抜けた声をだす。

「ぶきっちょな奴だ」とグリドゥー。

「まあ可哀想」とムアック未亡人。

「畜生」とテュランドー。

「クリームだ、俺は」とガブリエル。「直白《まっしろ》なやつだ」

「あたしは」とザジ。「皮ののったの」

「ア、ア、ア、ア、ア、ア、アー」テュランドーは答える、蒸気の噴出を顔にまともにかぶったのだ。

「店の者に頼んだほうがよさそうだぜ」ガブリエルが落ち着きはらって言う。

「その通りだ」とグリドゥー。「捜してこよう」

山積の中から一番痛めつけられてないのを選《よ》りに出かけた。そいつを彼は引きずってきた。

「すてきだったわよ、伯父さん」ザジがガブリエルに言う。「伯父さんみたいなホモって、そうざらにはないわね」

「お嬢さま、クリームはどんなふうにいたしましょうか?」正気に戻された給仕が尋く。

「皮をつけてよ」とザジ。

「どうしていつまでも俺のことをホモっていうんだ?」ガブリエルがおだやかに尋く。

「モン゠ド゠ピエテの俺の舞台を見りゃ、わかるだろう」

「ホモであるなしは別にして」とザジ。「ともかく本当に伯父さん最高だったわ」

「しかたねえさ」とガブリエル。「こいつらのやり口が気に入らなかったんだ（身振り）」

「おお！　旦那」指名された給仕が言う。「後悔しておりますよ」

「こいつらが俺を侮辱したからさ」とガブリエル。

「それは、旦那」給仕が言う。「思い違いですよ」

「いやそうだ」とガブリエル。

「気にするなよ」彼に向かってグリドゥーが言う。「人間は一生誰かから侮辱されどおしさ」

「いいことを言うよ」とテュランドー。

「これから」グリドゥーがガブリエルに尋ねる。「どうするね？」

「そうだな、このクリームを食うよ」

「それから？」

「いったん家に帰って、この娘《こ》を駅まで見送りに行くよ」

「外を見たかい？」

「いいや」

「まあ、見てみろ」

ガブリエルは見に行く。

「なるほど」戻って来て言う。

夜警機動隊の二個師団と砂漠スキー兵の一個中隊がピガール広場を取り巻いて陣取ったところだった。

## 18

「マルスリーヌに電話しといたほうがよさそうだな」とガブリエル。

ほかの者たちは黙ってクリームを食べ続ける。

「ひと荒れしそうだぞ」給仕が小声で言う。

「あんたなんかお呼びじゃないわよ」ムアック未亡人が決めつける。

「もとの場所へ捨てに行くぞ」グリドゥーが言う。

「わかりました、わかりました」給仕は言う。「もう冗談も言えない」

ガブリエルが戻ってきた。

「変だな」言う。「出ないよ」

クリームを食いにかかる。

「畜生」つけ加える。「冷めてェや」

それをカウンターに戻す。胸がむかついて。

グリドゥーは様子を見に行く。

「近づいて来るぜ」知らせる。

カウンターを離れて、他の者たちは彼の回りに集まる、帳場の下に避難した給仕を除いて。

「おっかねえ面をしてるぜ」ガブリエルが指摘する。

「笑いごとじゃないわ」ザジが呟く。

「〈緑〉が巻き添えを食わなきゃいいが」とテュランドー。「こいつは、何もしてねえもの」

「じゃ、わたしは」ムアック未亡人が言う。「わたしは、何をしたって言うのよ?」

「トルースカイヨンのとこへでも行きな」グリドゥーが肩をすくめて言う。

「あら、彼だわ！」彼女は叫び声をあげる。

『昼盲症溜り』の入口の前にバリケードのように積み重なっている撃破された連中の山を踏み越え、ムアック未亡人はゆっくり着実に接近してくる侵略者のほうへむかって駆け出そうとする構えを見せる。軽機関銃の浴びせかける弾丸がその試みをあっけなく断ち切る。ムアック未亡人は、両手で腹わたを押え、つんのめる。

「しまった」呟く。「年金があるのに」

そして彼女は息絶える。

「形勢不利だな」テュランドーが指摘する。「〈緑〉が流れ弾でも喰らわなきゃいいが」

ザジは失神してしまっていた。

「奴ら気をつけてくれなきゃこまるね」ガブリエルが憤慨して言う。「こっちには子供がいるんだ」

「もうすぐ説教してやれるさ」グリドゥーが言う。「ほらおいでなすったぜ」

物々しく武装した紳士連は、今ではただガラス窓ひとつ隔てるところまで迫っていた、先きほどの喧嘩騒ぎのあいだにそれは大部分壊されてしまっていたので防備は益々手薄だった。物々しく武装した、それらの紳士連は、歩道の真中に、一列に並んで立ち止まった。腕に蝙蝠傘をぶらさげた、一人の男が、隊列から抜け出し、ムアック未亡人の死骸をまたいで、酒場の中へ入り込んだ。

「ありゃりゃ」声を合わせてガブリエル、テュランドー、グリドゥー、そして〈緑〉は叫んだ。

ザジはまだ気を失ったままだ。

「いかにも」蝙蝠傘（新品）の男は言い出す。「私だ、アルン・アラシッドだ。私は私だ、君たちのよく知っている、またときには気づかなかった相手だ。この世界の、さらに隣接する数々の領土の君主として、様々に姿をやつし、むろん生れつきの性格でもあるが、迷いと過ちを装い、己の領地を巡視するのが余の楽しみなのだ。無学文盲のもぐり警官、夜廻りのやくざ、婦女子の尻追いなど、捉えどころなく姿をかえることによって、嘲笑、出鱈目、そして色恋の（亡きムアック未亡人のほうへおごそかな身振り）小さな危険を余は安心して受けとめることができるのだ。諸君の浅薄な意識に浮かび上がり、たちまち消え去り、再び勝利者として私は出現するのだ、こんどはなんの遠慮気兼もなく。ほらね！（劣らずおごそかな身振り、ただし今度は情況全体を含めて）」

「喋れ、喋れ」〈緑〉が言う。「それだけ……」

「シチューにもってこいのがおるな」トルースカイヨン、失礼、アルン・アラシッドは言う。

「とんでもない！」鳥籠を胸にぴったり抱きしめてテュランドーが言う。「死んだほうがましだ！」

その言葉と共に、彼は床の中に沈みだす、いっぽうガブリエルも、ザジも、グリドゥーも一緒に。せりが一同を『昼盲症溜り』の地下室へ下らせたのだ。せりの操作係が、暗闇に潜んで、彼らにそっと、だがきっぱりと、自分のあとに従いてくるよう、急ぐように言い渡す。目印でもあり、中に収めた電池の効能の印でもある、懐中電燈を彼は振り廻す。一階では、物々しく武装した紳士連が、あわてふためいて、めいめいの足元めがけて軽機関銃をぶっ放している間に、小さな一団のほうは上述の命令と明かりに従い、目ざましい速度でミュスカデやグルナディンの罎の詰まった棚と棚のあいだを縫って移動する。ガブリエルはまだ気を失っているザジを、テュランドーはまだむっつりしている〈緑〉を担ぎ、グリドゥーは何も担がず。

彼らは階段を降り、ついで小さな戸口の敷居を跨ぐと、排水渠に出た。少し先きで、もう一つの小さな戸口の敷居を跨ぎ、まだ暗く人気のない、タイル張りの地下道に出た。

「さあて」神燈捧持者がそっと言う。「怪しまれたくなかったら、めいめい別々に行かなくちゃ。あんた」テュランドーのためにつけ加える。「その鳥と一緒じゃやりにくいだろ」

「まっ黒に塗るよ」鬱陶しい顔付きでテュランドーは答える。

「お先き」ガブリエルが言う。「まっ暗だね」

「ガブリエルの奴」とグリドゥー。「よく洒落など言ってられるもんだ」

「俺が」神燈捧持者は言う。「娘さんを送りとどけるよ。あんたも、ガブリエル、少し目に付きすぎるからね。それに俺はこの娘《こ》のトランクを持ってきといたよ。どうせ忘れ物はあるだろうがね。急いだから」

「わけを聞かせてくれ」

「そんなことをしてる時じゃないよ」

電燈が点《つ》いた。

「よかった」そっと相手は言う。「地下鉄が動き出した。グリドゥー、お前さんは、エトワール行き、テュランドー、お前さんは、バスティーユ行きに乗んなさい」

「あとは自分で切り抜けろというわけだね？」テュランドーが言う。

「靴墨が手もとにないから」とガブリエル。「ひと工夫必要だね」

「じゃ俺が籠に入って」とテュランドー。「〈緑〉が俺を運ぶってのはどうかね？」

「そいつは名案だ」

「わしは」とグリドゥー。「大手を振って家へ帰るよ。靴屋は、幸い、世の中のつっかえだもんな。それに靴屋はみんな区別がつかんからね」

「なるほど」

「じゃ、また、皆さん！」グリドゥーは言う。

そして彼はエトワールのほうへ遠ざかる。

「じゃ、また、皆さん！」〈緑〉が言う。

「喋れ、喋れ、それだけ取り柄さ」テュランドーが言う。

そして彼らはバスティーユの方向へ飛び去る。

## 19

ジャンヌ・ラロシェールは突然目を覚ました。ナイトテーブルの上に置かれた腕時計をしらべた。六時過ぎだった。

「ぐずぐずしてられないわ」

そのくせ彼女は、裸で鼾をかいている情夫を調べるのに暫く手間取った。彼女は彼を大ざっぱに、次いで仔細に眺め、とりわけまる一日二晩あれほど彼女を奪い占め、そして今では元気な擲弾兵《てきだんへい》というよりも乳をしゃぶった後の赤ん坊にそっくりの品物を、疲れた冷静な気持で見つめるのだった。

「なんだか間がぬけた感じ」

彼女は大急ぎで服を着、いろんな物を合切袋に投げ込み、ざっと顔をなぜくった。

「遅れないようにしなきゃ。娘を連れて帰りたいなら。ガブリエルのことだもの。きっと時間厳守だわ。あの娘《こ》の身に何か起こらないかぎり」

口紅を胸にぴったりおし当てた。

「何も起こってなきゃいいけど」

すっかり支度は出来あがった。もう一度彼女は情夫を眺めた。

「彼のほうから求めてくれれば。彼のほうから頼めば。たぶんいやとは言わないわ。でももうこっちからは追いかけないわ」

彼女はそっと後ろ手に扉を閉じた。フロント係が彼女のためにタクシーを呼び、三十分過ぎに駅に着いた。隅の席を二つ取り、再び彼女はプラット・ホームに降りた。

「あら」ジャンヌ・ラロシェールは言う。「マルスリーヌ君じゃないの」

「いかにも」

「まあこの娘《こ》ったら夢現《ゆめうつつ》ね！」

「お遊びが過ぎたのさ。大目に見てやらなくちゃ。それに俺も、これで失礼するよ」

「そう。でもガブリエルは？」

「冴えないね。じゃ退散するよ。またね、お嬢ちゃん」

「さよなら、小父さん」ザジはうわの空で言う。

ジャンヌ・ラロシェールは彼女を車室に引きいれた。

「で楽しかった？」

「まあまあね」

「地下鉄は見たの？」

「うゥうん」

「じゃ、何をしたの？」

「年を取ったわ」

# 解説

生田耕作

『地下鉄のザジ』*Zazie dans le métro* は一九五九年に発行され、たちまちベスト・セラーのトップとなり、つづいてまた映画化されて人気を博し、高踏的な前衛小説の代表旗手としてそれまで文壇の一部でだけ高く評価されてきた作者レーモン・クノーの名前を一躍有名にするとともに、戦後のフランス小説に新風を吹きこんだ記念碑的な作品とまで言われています。

抵抗文学の似非《えせ》ヒロイズムと実存主義のお説教調で慢性憂鬱病におとし入れられていた当時の読書界が、『地下鉄のザジ』のドタバタ喜劇調と、女主人公ザジが連発する〈ケツ喰らえ〉の名せりふに久方ぶりに腹の皮をよじらされ、つきものが落ちたような爽快感を味わったのも当然であることは、この邦訳をお読みいただければ、じゅうぶん納得いただけることと思います。

ヒロインの田舎少女ザジは、ガブリエル伯父さんのところで二日間を過ごしにパリへやってきます。彼女の願いはただひとつ、生まれてはじめて地下鉄に乗ることです。

だがあいにく地下鉄はスト中。退屈のあまり街へさまよい出たザジは、ささやかな冒険と、そしてちょっぴり狂った連中に次ぎつぎとぶつかり、ここにドタバタ喜劇的な場面が齣落《こまおと》し的スピードで展開します。表向きは夜警で、じっさいはホモ・バーのストリッパーであるガブリエル伯父、その友だちのタクシー狂シャルル、色気違いがかった未亡人ムアック、警官か痴漢か変幻自在なトルースカイヨン、一見すごく女っぽいレスビアンの男役マルスリーヌ、それに忘れてはならない重要な主役、おうむの〈緑〉……。

ところで、これら多彩な登場人物以上にここで重要な役割を果しているのは、〈言葉〉であるといえます。この小説の最大の魅力は、けっきょく筋でもなく、登場人物でもなく、ましてやしかつめらしい〈内容〉などではむろんなく、語り口の巧みさ、ことばそのものの面白おかしさにつきるといっても言い過ぎではないでしょう。

一九四七年に発表した『文体練習』*Exercices de style* という本のなかで、クノーはありふれた乗合いバスの中で生じた取るにたらぬ出来事を取りあげ、あたかも毎回ちがった証人の報告でもあるかのように、同じ事柄を何度にもわたって描き直しております。要するに、作者にとって興味の対象は、出来事よりも、また語り手の性格よりも、その語り方、言語自体であることは明らかです。その意味で、『地下鉄のザジ』をはじめクノーの全作品は言語についてのふざけた、しかも真摯な考察にほかならないともいえるでしょう。

クノーの小説観を知るための手引きとして、『地下鉄のザジ』発表直後に、作者が女流作家マルグリット・デュラスと行なった対談の一部を次に紹介しておきましょう。

小説について意見を持っている作家たちについて貴方はどうお考えになります？

——ああ！　そういえば、そういう人たちもおりますね。

ご自身としてはそういう態度はお嫌いということでしょうか？

——いや、そうじゃありません……。私も小説について意見は持っています。だれもと同じように私もすべてについて意見は持っています。ですから小説についてだけ例外というわけにはいかないでしょう。

どういうご意見かお聞かせいただけますか？

——小説は、いってみればソネットみたいなものです、もっとはるかに複雑なものであるとすらいえましょう。私はしっかり構成されたものに味方します。他人にも同じことを押しつけようというのではありません、ただ私の場合はそんなぐあいだというだけです。私は登場人物がたいそうきっちり入ったり出たりするのが好きです。繰り返しがあるとしても、それはわざとそうしたのです。私の創作のやり方はそういう式です。それが目立たないことを願っていますが。目立つとすれば大失敗でしょう。でも各人物の登場のあいだが何行隔たっているかそこまで数えかねないくらいです。いくつかの言葉、いくつかの言い廻しが、その作品のなかで繰り返されねばなりません……。私ひとりの楽しみのために。

あなたの作品を読んで他人も大いに楽しんでいます。

——あとで読みかえしてみて、自分でもそれほど退屈は感じませんね。いささか退屈なのは書くという行為そのもので、これは苦役です。

小説家という仕事のどういうところがいちばんお気に召していますか？

——構成、次ぎは手入れ。でもその中間の、セメント流し作業は面白くありません。

ものを組み立てる段は、いい。そのあとそれを埋めねばなりません、そこのところですね苦しいのは。つづいて仕上げ、磨きが残されていますが、これは楽しいですね。

ところで他人の小説の、どういうところにいちばん反発を感じられますか？

――投げやりな態度です。冒頭から始まって一気に最後まで飛ばして小説をこしらえ上げたという印象を受けたときです。小説がそんなふうに流れ出たという印象を受けたときは私はむしろ悪い感情を抱きます。かといってスタンダールが好きなことにはかわりありませんが。

創作に当って、大いに推敲なさいますか？

――七、八回やり直したものがいくつもあります。全章がふっ飛んでしまったり、あっちへ行っては引き返し、こっちへ行っては引き返し。迷路みたいに入り組んでいます、まるで地下鉄の線路ですよ。

当今の作家は早く書き過ぎるとお思いになりますか？

——そう。嘆かわしいことです。彼らのために嘆かわしいことです。これは不幸にも暇がありすぎる作家たちの病いです。暇を有益に使うことは、ご承知のように、たいへんむずかしいことです。だから皆んなは働き、書きまくります。自分の時間をすべて自由に使えて、しっかり腰のすわった、本物の作品をつくり出せる作家はごく稀にしかいません。なんだか自分のことを弁解しているみたいですが。だって私は一つの小説（『地下鉄のザジ』）を書くのに六年もかかったのですから。

レーモン・クノー　Raymond Queneau　一九〇三年、ル・アーヴル生まれ。大学では哲学を専攻。シュルレアリスム運動に参加（一九二四—三〇年）。銀行員、商店員、ジャーナリストなどの職を経て、大手出版社ガリマール書店の編集顧問となり（一九四一年）、今日に至る。セリーヌ、ジョイスの影響を受けて、作品の中で言語的実験を試み、現代フランス文壇で最も前衛的な作家の一人に見られている。

代表作　小説に『はまむぎ』（一九三三年）、『きびしい冬』（一九三九年）、『わが友ピエロ』（一九四二年）、『男は女に甘すぎる』（一九四七年）、『サン＝グラングラン』（一九四八年）、『人生の日曜日』（一九五二年）、『地下鉄のザジ』（一九五九年）、『青い花』（一九六五年）。詩集に『運命の瞬間』（一九四六年）、『ポケット版小宇宙論』（一九五〇年）。エッセイに『文体練習』（一九四七年）、『字画、数字、文字』（一九五〇年）、その他。

（一九七四年初版刊行時のまま再録）

映画評

# 「地下鉄のザジ」と不可能世界の創造

植草甚一

フランス映画の若い監督たちは、いままでのような映画のつくりかたには倦きあきしたとみえ、普通ならとても出来ないようなタイプの映画をつくりたいという気持をいだくようになってきた。これは最初は空想のようなことだったにちがいないが、「赤い風船」や「黒いオルフェ」や「恋人たち」が世界市場で利潤をもたらすにおよんで、空想は実現されることになったのである。アルベール・ラモリスの「素晴らしい風船旅行」マルセル・カミュの「開拓者」ルイ・マルの「地下鉄のザジ」が、こうして製作された。

三人とも性格なり想像力はことなっている。映画詩人というにふさわしいラモリスは、ジュール・ヴェルヌとラフォルグの精神をくんでいる。ヘリコプターで山のてっぺんをグルグル廻ったり、下界をのぞいてみるなら、きっとそこには新しいイメージがあることを信じて疑わなかった。カミュはブレーズ・サンドラルスの冒険精神を受けついでいる。砂金さがしの開拓者がアマゾン河に沿って一千マイル遡っていくという骨組だけを頭においたまま、すべてを即興演出でいこうと考え、五ヶ月にわたるブラジル大陸横断のあいだ人間的ドラマの偶発を待機しながら製作をつづけていった。そのうち「開拓者」は、きっとぼくたちの眼にふれる機会があるだろう。ルイ・マルについてはこれから書くが、これらの三人は、映画をつくるのが本当にすきなのである。「赤い風船」などで儲けた三人は、無駄づかいはしないで、いままで誰もつくれなかったような映画をつくるために使っているのである。こんなところにヌーベル・バーグの発展性があるといってもいいだろう。

ルイ・マルの「地下鉄のザジ」をみていると、徹底的に遊びながら、やりたい放題な真似をして映画を楽しみながらつくっているので感心してしまう。マック・セネットのスラップスティック喜劇にかぶれ、フランス式なスラップスティック映画をつくろうとした高級趣味は誰にでもピンとくるが、むかしのスラップスティック喜劇とは、映画のフォルムがまったく異っており、あたらしいスタイルを生んでいる。真面目くさって映画をつくっているのがバカバカしくなるくらい成功してしまった。けれど、これほど印象を正確に書くのが難かしい映画もないだろう。

「地下鉄のザジ」には昨年の春パリでベストセラーになったレーモン・クノーの原作があり、この点でぼくたちには一つのハンディキャップが生じる。レーモン・クノーはフランスのインテリ中のインテリで、日本でも一部で読まれているが、とくに「地下鉄のザジ」は会話の地口のありかたが洒落すぎていたりし、日本語には移しにくい。二種類の英訳本が出たが、その言葉づかいが何処からどこまで違うのでも凡《およ》その見当がつくとおもうが、この小説の味はフランス語で読まなければ出てこないのである。ぼくなど最初は難かしくて途中で投げてしまったが、映画をみたあとで苦心して読んでみると、だいたいの出来事が同じになっているので驚いてしまった。もちろんルイ・マルが演出した細かい部分は書いてないが、最後になって『おれはハルン・アル・ラシッドだ！』といって黒シャツ党が機関銃でカフェを滅茶々々にしてしまうあたり、映画と原作の両方が同じように何だか分らない印象をあたえるのである。だいたいクノーの物語からして変てこなものだが、ルイ・マルはそれに輪をかけてしまった。ふつうなら気ちがい扱いにされるだろう。けれどフランス人は、とんでもない真似をやるクノーという人物を知っているから、ルイ・マルにとっては、それ以上の奇想天外な真似をやっても平気な顔をしていられるわけである。こんなところで、フランス人と日本人が「地下鉄のザジ」をみながら拍手する気持は、クノーがそこに存在するかしないかでだいぶ違ってくるといえよう。とにかくルイ・マルだけではないのである。

カトリイヌ・ドモンジョがザジというオカッパにした八つの少女になり、彼女が或る日のこと未亡人の母親につれられて田舎からパリへ遊びにくる。母親以下みんな無名の俳優だが、フランスではどうなのであろう。こういうキャストで二億フランもこれに使ったというのだから驚くほかない。パリに来たザジは、まだ乗ったことのない地下鉄に乗るのが唯一の楽しみだったけれど、地下鉄従業員のストで運転が止っている。母親のほうは停車場につくと待っていた恋人とすぐ何処かへ消えてしまい、ザジは叔父さんのガブリエルに一日あずけられることになる。この叔父に連れられてエッフェル塔にのぼったりしているあいだに変てこな男や女が出てきて可笑しな出来事がやたらに起り、ザジもそのなかに巻きこまれながら大人の世界をひやかしはじめる。八つのザジは哲学者みたいなところがあり、とてもマセている。ひとくちにいうと、これだけの話だが、どんなふうにでも解釈される面白い社会風俗批評なので、そのためベストセラーになったのであろう。

地下鉄が止ってしまったので、パリの街は自動車の洪水である。この自動車がみんなエキストラの俳優よろしくルイ・マルの自由自在に動きはじめる。まったく吹きだすような自動車事故が起るが、いくら出来ない真似がやりたいからといって、こんな大袈裟な真似をやったら大変だろう。そう思ったとき、二億フランという製作費の大部分は、このパリ市内ロケ撮影のために使ってしまったんだろうという想像がなりたってくる。するとスター・ヴァリューのない二億フランの映画とは、まったくたいへんな賭をやったもんだ。こんなことからもフランスの若い監督たちがやることに興味をかんじないではいられない。

最初のシーンは停車場のプラットホームであるが、ザジを迎えにいった叔父はキャバレーで女装のスペイン踊りをみせる芸人であり、家では細君が新しい衣装を仕立てている。プラットホームに立っている彼は、まわりの人たちを見やって「臭い、臭い！」とつぶやいているが、これはパリのアパートに一割くらいしかバスの設備がしてないのを皮肉っているわけであって、このときフィオル（ディオルのもじり）のバブーズ男子用香水をふりかけたハンケチで顔をこすると、こんどはそばの中年婦人が「臭い！」とやりかえす。こんなところは原作そっくりなのであるが、普通の監督ならワザワザこんな演出はしないであろう。

ザジが連れていかれたガブリエル叔父のアパートは一階がバーになっていて、この両方ともが奇妙な雰囲気なのに加え、みんなが人間ばなれがしているあたり、説明のしようがない。「コマ落し」といわれていたサイレント時代の手法を新しいスタイルにし、パッパッと人物が場所をかえたり、怒りだしてテーブルを拳固で叩くと割れてしまったりする。ここがスラップスティックのはじまりだが、階下バーではカウンターの入れ替えをやっている。ガブリエルとザジはテーブルに向って食事しているが、細君のアルベルチーヌが繰りかえし料理をはこんでくる自動性が奇妙なムードを出しはじめる。ルイ・マルが短かいカットをかさねながら、一瞬間も静止状態や停滞状態をうみだすことがないように映画のリズムやテンポを極限にまでもっていき、けいれん状態に導こうとする演出の方向が、こうした最初のシーンの幾つかから、ほぼ察しとられるようになってくる。

いわば不可能世界といったような現実世界の混乱した奇妙なパターンが創造されていくわけであるが、この変化にとんだ状態を言葉で説明することは、まず不可能であり、実物に接して驚いたり呆れたり感心するほかないのである。しかし以下すこし走り書きしたノートによって、形成されていくパターンの一部分に触れてみよう。

ザジと食事したあとで叔父のガブリエルはキャバレーに出かける。口紅を忘れるところだった。階段のところに鏡が張ってある。ザジが靴を放りあげると、その靴は彼女の足にはまっている。階下の酒場では模様がえの最中でオームがうるさい。ザジが朝になると家から飛びだして行く。近所の靴屋のおやじさんが仕事をしている。ザジは酒場の主人チュランドに追いかけられ、アーケードのなかへ駈けてくると、マネキンを抱いて駈けてる男がいて、そのマネキンがチュランドに早変りしたりする。石切場のところでザジは大人たちに取巻かれながら、チュランドが変態的行為に出たと話しはじめる。スリがいる。チュランドが引返した酒場では戦争中の空爆の話をしている。ザジは地下鉄の入口に駈けおりたが鉄格子がおりているので泣きだした。

こうしてチロル帽の中年紳士が現われるあたりから、現実社会の変形がますます激しくなる。チロル帽の男と同じ顔をした男がいるかと思うと、刑事くさいところがあり、ガブリエルの細君に一目惚れしてしまったり、紫色のドレスの未亡人に追いかけられたりする。ザジといっしょに蚤の市に行ったり、料理店で食事したりしたあとで、二人の鬼ごっこみたいな真似がはじまり、このあたりからパリの街のなかは自動車で混乱しはじめ、観光バスが、そのあいだを走っている。ザジはガブリエル叔父さんとエッフェル塔のうえにあがるが、そこでは一人の船長が望遠鏡でパリの街を眺めている。すると急に波が飛沫をあげる。ガブリエルを追いまわしている観光バスの四人の少女がいるかと思うと、夜になってネオン・サインが美しく輝きはじめ、キャバレーから料理店に場面が転換したりして、客とボーイの云いあいから喧嘩がはじまり、キーストン・コメディ張りのパイ投げ珍劇シーンとなる。

こんなことを、もっといくら細かく書いたところで、まったく意味がないのである。いったい「地下鉄のザジ」は、どこのところが計算した個所であり、どこが即興演出かという境目がないくらい、あらゆる場面がけいれんしたようなリズムで躍動し、ドライなユーモアで徹底しきったものになっている。これらのイメージは言葉では置き換えられない。ノエル・ノエルの未輸入になった「うるさがた」とか、ジャック・タチの「ぼくの伯父さん」の系列にはいるフランス映画だといえるかもしれないが、フォルムがまったく異っているのである。こんなフォルムの映画は作られたことがなかった。最後にザジはストがおわって動きだした地下鉄のなかで眠ってしまい、翌朝になって母親といっしょに田舎へ帰るとき、どんな印象だったと訊かれる。ザジは『年をとったわ！』と答えるが、このセリフにしても意味がどのようにとられることか、それは不可能世界にまでみちびかれたイメージの面白さの享受のしかた如何にかかっているといえるだろう。

（うえくさ・じんいち　文芸、ジャズ、映画評論家）

（「映画芸術」一九六一年二月号）

新版解説

# あたし宇宙飛行士になって火星人をいじめに行くんだ。

千野帽子

読んでいるさいちゅうに「いま小説の神が降りている」と感じさせる小説は多数派ではありません。あったとしても、たいてい一作のうちで一、二箇所そう感じる瞬間が訪れるくらいです。

『地下鉄のザジ』（一九五九）ではそれが、何度も起こります。

本書は一九五〇年代末のパリでの、わずか二日間を、猛スピードで物語ります。ひとことで言ってしまうとドタバタコメディです。お下劣な展開も含んでいます。主人公も周囲の登場人物も、ほぼ全員口汚いし。

初めて読み終わったとき、僕の動揺は大きいものでした。「自分はいま、未知のタイプの感動に浸っている……」。それまで読んだことのない、なんだかすごいものを読んでしまった、という充実感でした。

日本語訳でわずか二〇〇頁台。しかも登場人物の会話で進行するから改行が多い。読了後、濃密な読書体験にくらくらする頭で、（紙の）本の頁を改めてパラパラめくってみると、実感以上に本が薄くて、予想外に版面がエアリーなので、また驚きます。レーモン・クノー（一九〇三―一九七六）はこういう魔法が使える作家なのです。実験性とポップさとを兼備して愛されるその作風は、日本で言えば筒井康隆を思わせます。

未読の文庫本を解説から読み始める僕のような読者は、ここでやめて本文を読みはじめること。ここが書店ならまずレジに持っていって、一刻も早く本書を自分のものにすること。

＊

田舎（いや、むしろ郊外？）から母とともに列車でやってきた少女ザジが即断即決、パンクなまでの行動力と機転で周囲の大人たちを振り回す。いっぽうでその大人たちもそれぞれに規格外の行動方針や動機を持っていて、ときにはザジのほうが大騒動に巻きこまれてしまう。

母ジャンヌの子連れ上京には理由がある。愛人と二日間を過ごすのだ。ザジは男出入りの盛んな母のことをよくわかっている。国鉄の駅でふたりを出迎えたおじのガブリエルが、二日のあいだザジを預かることになった。

「世話を見てくれるっていうから、ほら、連れてきたわよ」

「いいとも」ガブリエルは言う。

「信頼していいのかしら？　だって、一家総出でこの子を強姦された日にはたまらないもの」

「でも、ママ、この前のときは、ちょうどいいときにやって来てくれたわ」


穏やかではないですね。機能不全家族ではありませんか。

ザジはこのたびのパリ滞在では、地下鉄に乗ることをなにより楽しみにしていた（作者クノーが生きていたころ、フランスで地下鉄がある町は首都だけでした）。ところが地下鉄はストライキ中。

ザジは身も世もなく落胆し、世界を乱暴に罵る。滞在したことのある人なら、かの都市の公共交通機関のストライキの頻繁さは身を持ってご存じのことと思います。

以下、登場する大人たちはいささか規格外というか、「はみ出した」人だらけです。レズビアンのマルスリーヌと同居して自分はショウパブみたいなところで女装ダンサーをやっているガブリエルおじさんをはじめ、アパートの家主でカフェレストラン〈穴倉〉のオーナーであるテュランドー、変幻自在・正体不明のプロテウス的存在である奇人トルースカイヨン、恋多きといえばロマンティックに見えないこともないが要するに性欲の奴隷となっているムアック未亡人、そして忘れてはいけない、喚き立てる鸚鵡の〈緑〉（ラヴェルデュール）や大量の観光客たちも含めて、大人も子どもも雑に小突きあう下町世界が展開します。

小突きあいの振動が徐々に共振し、やがて夜中の大騒ぎに、大乱闘に、最後には銃撃戦にまで発展します。限られた滞在時間のなかで、ザジは果たして地下鉄に乗ることができるのか？

物語というものは、主人公が境界を超えることで発動するものです。本書のばあい、それはパリ市と市外とを分ける境界線です。物語はザジがそれを超えてパリを訪れて始まり、ふたたびそれを超えてパリから去ることで終わる。『竹取物語』や『風の又三郎』と同じ構成。「お話」のお手本と呼びたい。しかも滞在期間は『風の又三郎』よりもさらに短い二日間ときています。

最後の列車で、自分と別行動していた二日間になにをしたかと母に問われたときの、ザジの答えが〈年を取ったわ〉。

ふるってる。小説の締めとしては鳥肌モノの着地です。

＊

冒頭、駅で出迎えたガブリエルおじさんは、友人シャルルの運転するタクシーでザジを家に連れ帰る。ガブリエルとシャルルはみちみち、あちこちの建造物を指差しながら「あれが何々だ」「違う、そうじゃない」とことごとく意見が食い違う。一行がパリ市内のいったいどこをどう通っているのか知れたものではないのに、パリの雰囲気だけは伝わってくるから不思議です。

クノーはじっさい、パリやその近郊を記述するのがものすごくうまいのです。これは小説家としてのデビュー作『はまむぎ』（一九三三。本書の新訳とともに畏友・久保昭博の訳で水声社《レーモン・クノー・コレクション》で読める）以来、クノー作品にパリが出てくるたびに感じることです。森見登美彦が京都を描くように、クノーはパリを描いています。

『はまむぎ』は言葉遊びに満ちたシュールなメタフィクションであり、第二次大戦を予見した実験的ファンタジーでもありました。加えてパリと郊外の雰囲気の生々しい記述にも満ちていました。実験的な小説では置いてきぼりにされがちな庶民生活の親しみが、「血」としてかよっていたのです。フリット屋のフライドポテトの匂い――

日本ふうに言えば商店街の肉屋のコロッケの匂い――のする下町メタフィクション。ありそうでいて、なかなかありません。

実験性と（ときによしもと新喜劇すら思わせる類型的な）庶民表象とが同居しているのがクノーの魅力で、この強みは『地下鉄のザジ』でも十全に発揮されています。ノーベル賞作家のパトリック・モディアノが多くの小説で書いたパリが、とにかくうまいと言われます。その評判を否定する気はありません。それはそれとして、僕にとってのパリは、どうしたってクノーのほうなのです。

そういえば、『地下鉄のザジ』刊行の翌年に公開されたルイ・マルの同名の映画では、タクシーで白昼のパリを流していくこの場面がまたじつに「ものすごくパリ」でした。

余談ですが、ルイ・マルのこのシークェンスに匹敵するのがポール・キング監督の『パディントン』（二〇一四）の序盤――マイケル・ボンドの原作だと、『地下鉄のザジ』原作の前年に刊行されたシリーズ第一巻『くまのパディントン』（松岡享子訳、福音館文庫）の第一話にあたる――で、パディントン駅で出会った子熊をブラウンさん一家がタクシーで家に連れ帰る部分。タクシーで夜のロンドンを抜けていく場面に「ものすごくロンドン」と感じて、ルイ・マルの『地下鉄のザジ』を思い出したものです。

『パディントン』のそのシークェンスでは、車内のパディントンに向かって原作者ボンドが、カフェのテラス席から赤ワインのグラスを掲げて挨拶し、パディントンも車内でトレードマークの帽子を取って挨拶を返す、というカメオ出演ショットがあります。ボンドは三年後、『パディントン2』公開の四か月余り前に逝去しました。だからこれはとても貴重なショットです。

これを観て以来、ルイ・マルの『地下鉄のザジ』のタクシー場面でも、原作者クノーの姿が道すがらのカフェのテラス席にちょっと映っているような気がしてなりません。気のせいだとはわかっているけれど。

ルイ・マルの映画でザジを演じたカトリーヌ・ドモンジョは一〇歳の天才子役として脚光を浴びました。翌年公開されたジャン＝リュック・ゴダールの『女は女である』も、メタフィクショナルな楽屋落ちやカメオ出演が仕込まれた映画で、ドモンジョがザジとしてノンクレジットで出演し、また序盤で主人公のひとり（ジャン＝クロード・ブリアリ）が働く書店に置いてある映画雑誌は、ザジを演じるドモンジョが表紙を飾っています。

ドモンジョはその後TVや米国のフランス語教材に出演後、一〇代で芸能界を引退しました。〈ナポレオンけつ喰らえ〉と吐き棄ててブレイクした彼女が、引退後に教師（一説には歴史の先生）となったという噂、真偽のほどはともかく、好きなゴシップのひとつです。

＊

人びとが謹厳な表情で人権への配慮を口にし、「アップデート」されてない他人を摘発することに忙殺されて（そのせいで自分がもっとアップデートできてないことに気づかずに）いる二〇二〇年代では顰蹙《ひんしゅく》を買うかもしれませんが、『地下鉄のザジ』の登場人物たちはお互いのクィアさをいじりあって生きています。

ヒロインであるザジがそもそも、シャルルを異性恐怖症だと決めつけたり、ガブリエルおじさんはほんとのところはどうなのか、と根掘り葉掘り質問したり、率先して他人の人生や性的嗜好に容喙《ようかい》しては大人たちに煙たがられています。なにしろ〈あたし宇宙飛行士になって火星人をいじめに行くんだ〉ですよ。まったくもって政治的に正しくない子ですね、ザジは。

べつに、これがよいことだとか、いい時代だったとか言いたいわけではありません。ただ、多様性の名のもとにフィクションの登場人物の行動規範を急速に均一化しつつある二〇二〇年代よりも、むしろ『地下鉄のザジ』のほうが、よほど多様性に満ちているように見える、という話です。多様であるということは、それだけ鬱陶しいことや不快なことが日常にあって、そのいちいちに深刻な顔をしている時間がないということなのではないでしょうか。

僕はレーモン・クノーを、二〇世紀でもっとも素敵な小説家だと思っています。クノーとともに潜在文学工房（ウリポ）のメンバーだったジャック・ルーボーのメタミステリ『オルタンス』シリーズ（高橋啓訳で二冊まで創元推理文庫で出ている）のように、クノー的世界へのトリビュート作品も存在するほどです。

『地下鉄のザジ』は、『はまむぎ』をはじめとするクノーの不思議な世界の入口にあります。本書を通過して、あなたもぜひクノーの世界で「年を取って」みてください。

二〇二一年八月、神戸近郊

（ちの・ぼうし　文筆家）

付記

一、本書は中公文庫版『地下鉄のザジ』（三十刷　二〇一六年四月）を底本とした。底本中、明らかな誤りと思われる箇所は『地下鉄のザジ　生田耕作コレクション5』（白水社刊）を参照しつつ訂正し、難読と思われる語には新たにルビを付した。

一、本文中には今日の人権意識に照らして不適切と思われる表現があるが、作品の時代背景および著者・訳者が故人であることを考慮し、底本のままとした。

『地下鉄のザジ』中公文庫　1974年刊
（装画・挿絵 ジャック・カルルマン）

中公文庫

地下鉄《ちかてつ》のザジ
——新版《しんぱん》

1974年10月10日　初版発行
2021年 9 月25日　改版発行

著　者　レーモン・クノー
訳　者　生田《いくた》耕作《こうさく》
発行者　松田陽三
発行所　中央公論新社
〒100-8152　東京都千代田区大手町1-7-1
電話　販売 03-5299-1730　編集 03-5299-1890
URL http://www.chuko.co.jp/

DTP　嵐下英治
印　刷　三晃印刷
製　本　小泉製本


Published by CHUOKORON-SHINSHA, INC.
Printed in Japan　ISBN978-4-12-207120-9 C1197

# 中公文庫既刊より

各書目の下段の数字はISBNコードです。978－4－12が省略してあります。

い-87-4
夜の果てへの旅（上）
セリーヌ
生田耕作 訳
全世界の欺瞞を呪詛し、その糾弾に生涯を賭け各地を遍歴し、ついに絶望的な闘いに傷つき倒れた〈呪われた作家〉セリーヌの自伝的小説。一部改訳の決定版。
204304-6

い-87-5
夜の果てへの旅（下）
セリーヌ
生田耕作 訳
人生嫌悪の果てしない旅を続ける主人公の痛ましい人間性を描き、「かつて人間の口から放たれた最も激烈な、最も忍び難い叫び」と評される現代文学の傑作。
204305-3

オ-1-5
高慢と偏見
オースティン
大島一彦 訳
理想的な結婚相手とは――。不変のテーマを、細やかに描いたラブロマンスの名作を、読みやすい新訳でおくる。愛らしい十九世紀の挿絵五十余点収載。
206506-2

シ-1-2
ボートの三人男
J・K・ジェローム
丸谷才一 訳
テムズ河をボートで漕ぎだした三人の紳士と犬の愉快で滑稽、皮肉で珍妙な物語。イギリス独特の深い味わいの傑作ユーモア小説。〈解説〉井上ひさし
205301-4

チ-1-3
園芸家12カ月 新装版
カレル・チャペック
小松太郎 訳
園芸愛好家が土まみれで過ごす、慌ただしくも幸福な一年。終生、草花を愛したチェコの作家チャペックによる無類に愉快なエッセイ。〈新装版解説〉阿部賢一
206930-5

ハ-13-1
新訳 メトロポリス
テア・V・ハルボウ
酒寄進一 訳
機械都市メトロポリスの崩壊は、ある女性ロボットの誕生に始まる。近代ドイツの黄金期を反映した耽美に満ちたSF世界が新訳で登場！ 詳細な訳者注・解説を収録。推薦・萩尾望都
205445-5

む-4-11
恋しくて TEN SELECTED LOVE STORIES
村上春樹 編訳
恋する心はこんなにもカラフル。海外作家のラブ・ストーリー＋本書のための自作の短編小説「恋するザムザ」を収録。各作品に恋愛甘苦度表示付。
206289-4